FOLIO POLICIER

Cesare Battisti

Les habits d'ombre

Traduit de l'italien
par Gérard Lecas

Gallimard

Cesare Battisti est né en 1954 dans la banlieue de Rome. Il a fait son apprentissage dans les rues des quartiers populaires et a rejoint, à vingt et un ans, la lutte armée dans une Italie traversant une période considérée, de fait, comme une guerre civile de faible intensité. Les années 1970 sont pour lui des années de clandestinité, des années de plomb. Incarcéré en 1978, il s'évade en 1981 pour s'exiler en 1982 au Mexique puis revenir s'installer en France en 1990 où Mitterrand, en tant que président de la République, s'engage à ne pas faire extrader les anciens militants italiens disposés à refaire leur vie. Cesare Battisti, après avoir passé cinq mois à la prison de Fresnes, va vivre sur cette promesse durant quatorze ans et publie son premier livre à la Série Noire : *Les habits d'ombre*. Suivront *Buena onda, Dernières cartouches, Le cargo sentimental* et *Jamais plus sans fusil*. Il a pourtant de nouveau rejoint la clandestinité en avril 2004, suite à une procédure d'extradition du gouvernement français.

1

Déconcertées, désunies, solitaires, quatre mille âmes inspiraient au ralenti un souffle de vie, comprimées entre les antiques murs de brique rouge. Fresnes, prison. En dépit du froid hivernal, la fenêtre de la 319 demeurait ouverte, même la nuit, et pourtant l'effluve coriace du châtiment planait encore dans l'espace exigu. Avec une régularité inhumaine, Claudio Raponi se réveillait à six heures et demie, recroquevillé dans trois couvertures lourdes de poussière. Chaque matin, un mouvement identique, répété avec précision, l'installait dans cette position où il guettait les premiers bruits de l'aube, attentif à ne pas déranger les deux compagnons de cellule qui occupaient le premier et le troisième niveau des lits superposés.

À ce moment-là, son esprit voyageait au loin. Il songeait à la douceur d'un corps de femme, à l'imbroglio judiciaire dont il était victime depuis deux mois, à la possibilité de se tirer du guêpier où il s'était fourré, et plus concrètement encore à un moyen quelconque d'échapper à la routine de la journée qui pointait déjà à travers les barreaux. Noyé dans une tempête de questions sans réponses, il cédait à la tentation inutile de retrouver le sommeil, au moins jusqu'à l'arrivée du café qu'il boirait dans la pénombre, pour ne pas en maudire la transparence. Et le sommeil se refusait à lui, tandis qu'il luttait contre l'envie de la première cigarette.

Claudio s'interrogeait sur la mystérieuse révélation que Carlos lui avait promise à l'heure de la promenade. Non qu'il s'attendît à un secret fracassant, mais en prison, la moindre nouveauté suffisait à créer l'attente. Comme avec les enfants, une simple bêtise murmurée sur un ton pénétré pouvait déstabiliser le pire des égorgeurs. C'était arrivé dans l'après-midi, la veille.

Dans la cour, une boîte dépourvue de couvercle où, sur moins de vingt mètres carrés, un groupe de prisonniers tentait de se dégourdir les jambes, on entendait l'habituel mélange de voix triturées par une dizaine d'idiomes différents. Claudio Raponi, indifférent aux autres détenus, se frayait un chemin, pas après pas, jusqu'à atteindre le mur d'enceinte, puis après une rapide volte-face, reprenait l'éternel va-et-vient. Les mains creusées d'engelures, enfilées dans sa veste, le visage et les oreilles mordus par le froid, il affrontait les difficultés liées à la conquête d'un étroit couloir convoité par la concurrence. Il était indispensable d'ignorer le regard des autres, de maintenir la trajectoire avec une détermination inflexible. Il importait surtout d'être titulaire, quelque part dans le monde, d'une condamnation à perpétuité. Il remplissait toutes les conditions requises.

Le surveillant, un jeune type anéanti par les furoncles, avait annoncé d'un grognement la fin de la promenade, et Carlos s'était approché discrètement, lui conseillant à voix basse d'être au rendez-vous le lendemain matin. De retour dans la cellule, il s'était confié à Jacques, qui avait replacé l'incident à la dimension du quotidien carcéral.

— Tu verras, il a dû découvrir que la bouffe de l'administration lui a filé la vérole.

Claudio eut un sourire forcé. Il aurait voulu trouver du poids aux paroles du Colombien, mais ne pouvait en même temps ignorer le scepticisme de Jacques, mis à l'épreuve par quelques années de prison.

— Oui, c'est sans doute une connerie. Et puis toi tu t'en fous, tu vas sortir bientôt, c'est moi qui dois laisser passer le temps, dit Claudio.

Le doute laissa place à une expression plus réfléchie sur le visage de Jacques, et il observa longuement son compagnon de fraîche date. En dépit de l'épaisseur de son casier judiciaire, Claudio Raponi avait l'aspect bizarre d'un pourvoyeur de rêves : un élément aussi naïf que réaliste et qui d'une façon inexplicable se situerait en dehors du microcosme carcéral, où la vie n'était confrontée qu'au sordide.

Claudio leva les yeux et croisa un regard pénétrant. Jacques reprit aussitôt un ton badin.

— Bah ! Avec un Colombien, il s'agira peut-être de se mettre un peu de poudre dans le pif… Et dans ce cas, tu sais que ça m'intéresse !

Ils oublièrent ainsi leur curiosité. Mais ils savaient qu'il y avait autre chose. Carlos n'était pas un plaisantin, et le rire forcé de Jacques n'avait pas échappé à Claudio. Ensuite, tout s'était fondu dans l'apathie d'une journée comme les autres au troisième secteur de la Maison d'Arrêt de Fresnes.

À la quatrième cigarette, il avait déjà perçu le bruit sec des verrous de sept heures, la serrure qui s'ouvrait et le claquement des portes se refermant après le ramassage du courrier et des bons de cantine, trente minutes plus tard ; ensuite le grincement du chariot à café le long de la galerie, d'autres éclats métalliques et de nouveau la fermeture de la porte. Huit heures moins dix. À moins cinq, il avait ingurgité son café, accompagné d'un morceau de pain qui atténuait l'acidité du liquide ; il avait devant lui cinquante minutes de totale inactivité, si ce n'étaient les sept dernières réservées à la toilette et l'habillage, et il serait prêt derrière la porte à neuf heures précises, l'heure *de la promenade*. Il fallait avancer d'un bond dans la galerie pour éviter que le second maton, celui qui ne savait que refermer les portes, ne vous la claque en pleine figure.

— Sors les mains des poches ! lui hurla dans le nez un gardien à l'haleine chargée de merguez.

— *Je n'ai pas fini*, fit en retour Raponi, qui avait les poches percées.

— *De quoi, connard ?*

Il refoula la haine jusqu'au creux de l'estomac et s'appliqua dans un regard neutre, droit devant lui. Il n'avait pas encore perdu la sale habitude de marcher avec les mains dans les poches en sifflotant un vieux tube du Festival de San Remo.

Il franchit la grille donnant accès à la cour. Évitant les rituelles poignées de main, il entama son parcours d'un pas résolu. Carlos l'épiait. Encore quelques minutes et il l'aurait rejoint.

2

Il ne supportait pas les chambres d'hôtel, et dans les espaces réduits qu'il était contraint de fréquenter pendant les périodes sombres, il se laissait envahir par une sale angoisse. Les pièces jaunies par la misère évoquaient trop précisément le décor austère des pénitenciers.

Carmen, encore empreinte de tiédeur nocturne, les cheveux emmêlés sur un visage heureux, souriait en suivant les gestes de Claudio enfilant son imperméable noir. Déjà prêt à sortir, il bredouilla quelques mots au sujet des horaires de train et ajouta qu'il serait de retour avant une heure. Elle eut un clin d'œil complice qui signifiait : « ça va… j'ai compris… à plus tard ».

Ce matin de 30 novembre, la place de l'Odéon brillait d'une lumière grisâtre. Il était encore tôt pour les touristes qui viendraient envahir les terrasses des cafés et s'entasser devant les cabines téléphoniques. Les quelques heures qui le séparaient encore de son excursion en Bretagne le remplissaient d'amertume. D'un pas rapide, il se dirigea vers la rue de Rivoli.

Marcher l'aidait à réfléchir et une allure rythmée scandait avec bonheur ses ruminations cérébrales. Il était inquiet. Il savait que les Services Spéciaux s'intéressaient à lui. Il en avait eu confirmation à plusieurs reprises, même si les deux ou trois personnes connaissant sa situation voulaient le rassurer en invoquant une suite de coïncidences.

Il était sur le fil du rasoir. D'un côté il attendait une reconnaissance au moins officieuse de son statut de réfugié politique, de l'autre il remettait la marmite sur le feu... Au fond, il admettait ses propres limites. Il n'était pas encore prêt.

Du reste, comment aurait-il pu voir des coïncidences dans des faits aussi transparents ? Le dernier incident remontait à la soirée d'hier. Il avait appelé l'Italie à partir d'une cabine publique. Au bout du fil, il y avait son frère qui utilisait un poste prêté pour la circonstance. Ils avaient été coupés, à l'improviste. Cela n'était peut-être qu'une erreur de manipulation des centraux téléphoniques, mais lui, qui depuis quelque temps sentait une présence à ses trousses, avait quitté précipitamment la cabine. Quand Carmen l'avait rejoint, l'air étonné, il n'avait pas su expliquer ce réflexe de fuite. Elle avait faim et cherchait des yeux la table bonne et pas chère. Elle avait abrégé la parano :

— Et alors, la communication a été coupée ! Rappelle !

Claudio avait eu un mouvement de colère en recomposant le numéro. Quelque chose ne collait pas.

Et ensuite, l'autre embrouille. De retour du restaurant, il se figeait en enfilant la clé du 312 dans la serrure.

— Bordel, je n'avais pas fermé le verrou !

Carmen n'avait pas réagi. Elle l'avait fixé avec impatience, de ce regard qu'ont toujours les femmes à l'approche du plaisir.

— Tu n'y as pas fait attention, c'est tout ! avait-elle laissé tomber négligemment.

Beaucoup de choses allaient en lui échappant ces jours-ci, et plus d'une fois, Claudio n'avait pas su maîtriser ses nerfs. Sans commentaire, il avait écarté le doute et s'était rapidement dévêtu. Au lit, Carmen était un fruit succulent. Elle tombait en pleine maturité, douceur languide, ou bien prenait plaisir à se laisser cueillir sur la branche, et son suc prenait alors une saveur aigre-douce. Lui, nu sur le lit, voulait masquer la satisfaction derrière un petit sourire et il observait son manège tandis qu'elle se dépouillait de sa jupe noire avec une hâte dissimulée. Ce n'était pas le moment de se faire du mouron.

Il revint en arrière au niveau du Pont Neuf, vers un Quartier Latin maintenant encombré de Japonais et d'Allemands. Quelques dizaines de mètres le séparaient encore de l'hôtel. Il ignorait tout de sa situation véritable et de ce qu'il convenait de faire. Il refusait d'affronter une fois de plus l'incrédulité de Carmen, qui devait guetter son retour en tapant nerveusement du pied. Son cerveau n'assimilait pas les règles du jeu de cache-cache. Ni avec lui-même ni avec les flics français. Il dépassa l'hôtel pour refaire le tour de la place. La voix de Carmen le rattrapa.

— À quoi tu penses ? Tu es arrivé !

Il freina d'un bloc, mâchoires contractées, œil réduit à une fissure, puis se retourna lentement, levant la tête vers la fenêtre. Il haussa les épaules en guise d'excuse.

— Alors, tu as trouvé un bord de mer pour nous tout seuls ? lui dit-elle avec un entrain qui la rajeunissait d'une dizaine d'années.

Claudio examinait la place en contrebas.

— Il n'y a que l'embarras du choix. Si tu es prête, on laisse les bagages à la réception et on va acheter les billets.

Il avait l'intuition qu'elle se doutait de quelque chose. Carmen était un animal sensible et il lisait dans son regard les ombres fugaces de la peur. Le voyage était programmé depuis deux jours. Elle avait accepté l'offre sans démonstration d'enthousiasme, ce qui ne lui était pas coutumier. Claudio lui posa la question, mais elle empoigna ses valises et dévala l'escalier.

L'agence de voyage était installée à deux stations de métro, place Saint-Sulpice. Carmen voulut téléphoner à Bob, un « ce n'est qu'un au-revoir » avant le départ. Lui s'énervait, scrutait les alentours, toujours l'impression d'être observé. Ils entrèrent dans la poste voisine, à l'angle de la rue de Rennes et de la rue du Four. Les cabines téléphoniques se trouvaient à l'étage. Il y avait beaucoup de monde, pas l'idéal pour repérer les suspects.

— Demande-lui ce qu'il pense de Saint-Malo, lança-t-il brusquement à Carmen.

« Peut-être la tension nerveuse qui est en train de me miner les fondations… », songeait-il en dévisageant ouvertement les gens autour de lui.

— Il ne connaît pas la région, mais il pense que ça devrait nous convenir !

— *¡ Bueno pues !*

Deux jeunes femmes s'approchèrent pour demander s'ils avaient terminé. Il les observa et elles lui déplurent. Il ne put retenir une réponse brutale :

— Non, ça me semble évident.

Immédiatement après, il se précipitait vers la sortie. Sur le seuil, il s'immobilisa et, avec un air sombre, pivota vers Carmen.

— Il y a neuf ans, j'ai été arrêté par la Police Judiciaire, à quelques mètres d'ici.

Il avança sur le trottoir, elle se hâta sur ses talons.

Il ne la revit pas avant le lendemain après-midi, alors qu'il était encadré par deux flics. Il eut à peine le temps de lui sourire, à travers la vitre qui les séparait. Un coup de crosse sur le crâne avait dissous le voyage en Bretagne dans une nuit ténébreuse. Ensuite, il n'y eut que le lointain aboiement d'une meute armée jusqu'aux dents qui s'acharnait à coups de pied sur sa carcasse ensanglantée.

3

Avant d'échouer à Fresnes, Claudio Raponi était détenteur d'un passeport mexicain et d'une carte de presse qui lui attribuaient une probable origine italienne. Pourtant, il n'avait de sympathie ni pour son pays ni pour les journalistes en général. Il était recherché par Interpol en raison d'une condamnation à perpétuité, augmentée d'une peine de vingt-neuf ans pour activité terroriste. Pourtant, il ne nourrissait pas un intérêt majeur pour la politique. Il était de ceux qui emmènent la patrie à la semelle de leurs souliers.

Dix ans plus tôt, en 1981, lors des derniers soubresauts de la lutte armée en Italie, il avait avec un certain bonheur maintenu un semblant de cohésion au sein d'un groupe de desperados qui, plus tard, étaient venus le sortir de prison. Une opération tout en douceur. Le commando avait pénétré à l'intérieur du pénitencier pour opérer une diversion salutaire pendant que Claudio jouait les filles de l'air. Même la presse bourgeoise avait salué l'action : ni violence ni revendication, parfaite synchronisation. Immédiatement après son évasion, Claudio avait ressenti la nécessité de faire le point, en compagnie des dernières brebis égarées de la révolution. Les directives des leaders historiques, tous incarcérés, étaient d'en terminer avec l'action politico-militaire pour assurer la sécurité des militants en cavale et la survie des prisonniers. En d'autres termes, « arrêtez vos conneries ». Mais les « scélérats » regroupés autour de Claudio attendaient qu'il mette à profit la clandestinité retrouvée pour repartir à l'assaut de l'État. Il prit ainsi la décision de se retirer pendant qu'il était encore temps, après d'interminables discussions et le choc d'un cendrier en cristal qu'une camarade de combat lui jeta à la tête. Ce fut une période difficile. Chaque jour, une « base » tombait. De plus en plus souvent, les flics ne retenaient plus le doigt sur la gâchette. Quant aux rares survivants qui tombaient dans les filets de Dalla Chiesa... un coup dans la tête pour parler, un dans les couilles pour se taire. Claudio Raponi se méfiait de tout. Son plus proche compagnon, celui-là même qui avait dirigé l'assaut contre la prison, avait vendu sa planque et celles de quelques autres aux carabiniers qui l'avaient capturé. Sauvé par la chance et une méfiance maladive, il était parvenu à les prendre de vitesse et à improviser une fuite rocambolesque vers la frontière.

Sans argent et muni d'une fausse carte d'identité, il s'était retrouvé en territoire français.

Mais la France était trop proche de l'Italie. S'il avait décidé de partir pour le Mexique, ce n'était pas seulement par souci de sécurité.

– Je n'arrive pas à supporter la puanteur et la connerie des vaincus, répétait-il souvent aux quelques clandestins qu'il avait retrouvés en France.

Un jour, sans même saluer les derniers amis, il s'envola pour Mexico avec un adieu qui se voulait définitif à la foutue vieille Europe. Des années de lutte révolutionnaire avaient détruit des valeurs comme la solidarité, valeurs que plusieurs générations post-léninistes avaient pourtant hissées bien haut. Cette époque fourvoyée, Claudio Raponi n'était pas encore en mesure de l'analyser. Sans doute pour prendre un recul par rapport à ce passé qui le rongeait de l'intérieur, il se lança pour la première fois de sa vie dans des activités simples et manuelles. Mexique, terre promise. Le surréalisme naturel d'un peuple dont la tristesse n'était qu'une légende lui fournit un élan bénéfique. Il voulait tout oublier. Il aurait pu y parvenir.

C'est à peine deux ans après que Tury et Carmen vinrent le rejoindre. Eux seuls savaient où le trouver… Claudio attendait leur visite, mais il fut néanmoins surpris de les trouver un beau matin devant la porte de sa maison de San Miguel D'Allende. Torse nu, une clé anglaise à la main, il était en train de changer la bouteille de gaz. Il embrassa affectueusement Tury, mais ne put contenir un frisson en se tournant vers Carmen. Il se contenta d'un petit salut puéril.

En fait, c'était Carmen qui avait voulu traverser l'océan pour revoir un homme qu'elle n'avait que peu connu. Avec le temps, les rigides valeurs morales de Claudio Raponi commençaient à trébucher. Après un curieux pacte à trois, il devint l'amant de Carmen. Alors qu'il avait toujours évité de se compromettre, il s'investit dans ce rapport au point de prendre, huit ans plus tard, la décision fatale de revenir en France.

L'arrivée de Carmen et Tury modifia notablement la vie de Claudio. Un tempo rythmé à l'européenne qui le sortit brutalement d'une sieste mexicaine. Il devait maintenant affronter une série de décisions « vitales » qui se traduisaient pour Carmen en incessantes initiatives commerciales, avec en arrière-plan une perpétuelle exigence de complicité qui mettait en péril l'amitié entre les deux hommes. En deux ans, Carmen fit pourtant la démonstration que la patience était une vertu bien féminine : elle avait mis dans son lit Claudio (qui, à part le respect pour son ami, n'était pas foncièrement hostile au principe), tout en demeurant très proche de Tury, en fait son unique et véritable compagnon. Claudio fut vite dépassé par les incompréhensibles jeux de rôle que les autres élaboraient à dessein de résoudre le moindre conflit. À la longue, il ne savait plus si ses propres réactions étaient dictées par une inavouable jalousie ou une légitime défiance. Ne trouvant aucun sens à leur étrange comportement, il avait laissé faire. Elle savait toujours désamorcer les controverses les plus dramatiques. À la fin de la période mexicaine, Claudio était persuadé d'avoir été victime d'un complot planifié vers une obscure finalité, mais au nom des camaraderies passées, il refusait de croire qu'ils aient pu mettre en péril le fragile équilibre social qui garantissait sa sécurité.

L'insolite trio, consumé par une fièvre de la transgression (qui suscitait à leur insu une certaine admiration dans leur entourage), s'employait à détruire systématiquement chacune de ses propres initiatives, dès lors qu'elle pouvait déboucher sur une activité économique concrète. Et saborder toute possibilité d'accommodement « bourgeois » dans un pays où l'Occidental était pourtant synonyme d'efficacité et de réussite, ce jeu-là menait tout droit à l'autodestruction.

L'histoire avait commencé au retour d'un bref voyage de Carmen et Tury à Valle de Bravo. Elle disait avoir rencontré par hasard un vieil ami italien qui dirigeait une grosse affaire d'émeraudes. L'homme recherchait un collaborateur susceptible de faire transiter les pierres. Le rôle de trafiquant international et les profits énormes séduisirent immanquablement Claudio.

Raponi ne sut jamais si la trahison de Carmen et Tury avait été prévue de longue date ou fut plutôt le fruit d'une faiblesse passagère. Pour ses commanditaires, le détail n'avait pas grande importance, mais lui, encore amoureux de Carmen, se tortura les méninges pour trouver un semblant d'explication à l'opération, prélude d'un grand fiasco en terre mexicaine : au moment de livrer la marchandise, il n'avait plus entre les mains qu'un carton bourré de méchants cailloux peints en vert. Les amis s'étaient envolés.

Toutes ses cartes abattues, il avait perdu la partie. Dix années de Mexique, de complexes rapports sociaux et politiques, s'effondraient d'un bloc à ses pieds. Grâce à sa personnalité qui inspirait encore le respect, Claudio se sortit plus ou moins indemne de l'affaire.

Carmen était repartie en Italie avec Tury, abandonnant Claudio sans bouée de sauvetage au milieu de la tempête. C'était le mois de mai 1990. Pour la première fois de sa vie, il se sentait humilié et piétiné, une dure leçon pour un homme qui, malgré l'expérience de l'aventure et du danger, s'était laissé piéger dans le filet banal des sentiments. La situation devenait intenable, au point qu'il avait décidé de se lancer en kamikaze vers l'Europe. Il voulait s'y brûler les ailes, définitivement, ou alors trouver la force de repartir à zéro.

Pourtant, deux mois plus tard, elle était revenue, peut-être pour contrôler les dégâts. Et lui, il était allé à l'aéroport, attendre ce vol de la KLM qui avait quinze heures de retard. Elle était là, parmi tous ces corps épuisés par le voyage, avec des lunettes sombres, une minijupe noire en tissu élastique. Le langage unique que seul son cul possédait. De deux regards brefs mais violents, il voulut mettre en pièces toute l'assurance de la belle salope. Elle avait battu trois fois des cils et glissé doucement sur quelques mots de circonstance. Puis elle s'était tue, dignement. Il regardait sa bouche, pleine de douceur et de mensonges. Les mensonges sans conséquences et les autres. Pourtant, c'était la même femme, qui s'anéantissait en courses à perte de souffle sur le terrain du plaisir. De retour à Mexico, comme si de rien n'était.

Il l'avait examinée d'un œil d'abord fuyant, ensuite ouvertement. Le visage et le corps. Elle l'inquiétait encore, mais il était las de jouer un rôle. Elle gardait le nez collé contre la fenêtre du taxi qui se frayait un chemin dans la circulation de Rio Churubusco.

Ce jour-là seulement, il comprit qu'elle était aussi profonde et déterminée qu'il pouvait l'être, esclave comme lui de pulsions imprévues, de folles passions, de désirs incohérents… Pour cesser de se mentir à lui-même, il devait s'avouer qu'elle le troublait parce qu'elle avait une vie secrète à laquelle il n'accédait pas. C'était la première femme qu'il avait possédée et qui avait la stature d'un être humain, au-delà du sexe. Il savait maintenant qu'il était ridicule de vouloir la comprendre, et réciproquement. Il pensa qu'il la retrouverait rapidement, même à Paris, parce qu'il n'arrivait pas à l'imaginer loin de lui.

Immédiatement après, il se sentit mal. Toute réflexion lui devenait éprouvante.

4

Carlos avait certainement raison. En dépit de son allure de forteresse, la prison présentait des points faibles. « Mais pourquoi moi ? » se tracassait Claudio. Coincé avec cent soixante-dix kilos de cocaïne, Carlos semblait en mauvaise posture, rien d'étonnant à ce qu'il soit partie prenante d'un projet d'évasion. Dès les premiers jours, il avait remarqué l'individu. Petite taille, correctement vêtu, un bon niveau culturel qui lui permettait de parler ou de se taire à bon escient. Ils n'avaient jamais, ni l'un ni l'autre, tenté d'entamer la conversation. Claudio avait été surpris par l'offre de Carlos.

— Au fond, c'est ce que j'espérais, s'avouait-il en comptant les enjambées dans la cellule. Pourtant, je faisais confiance à l'avocat pour me tirer de là. Faire confiance à des avocats et des juges, quelle connerie, se reprenait-il un peu plus tard. Je dois vieillir. Ou alors c'est la trouille.

– Tu as envie de te tirer de là ? avait fait Carlos à brûle-pourpoint.

– Et toi, tu n'as pas envie ? avait rétorqué Claudio.

Ensuite, en ébauchant un sourire méfiant, il avait ajouté :

– Je m'attache vite aux nouvelles demeures, tu comprends. Sans un bon motif pour abandonner les lieux…

L'autre l'avait observé, dubitatif, puis il avait enchaîné, le regard grave fixé droit devant lui.

– *Compadre*, il y a une bonne occasion de faire la belle. Billet pour deux personnes. Je devais en être, mais j'ai renoncé. Nous avons pensé que tu pouvais me remplacer.

Il faisait froid et seuls cinq autres détenus marchaient dans la cour. Des Nord-Africains. Eux deux s'entretenaient à voix basse en espagnol.

– Et pourquoi as-tu renoncé ?

– Parce que mon affaire se présente mieux que prévu. Je peux espérer m'en tirer avec un sursis.

– Tu connais le proverbe : qui se nourrit d'illusions crève en prison…

Carlos avait continué encore, sans commentaire.

– Pour l'instant, je n'ai pas tous les détails. C'est l'autre qui tient les rênes, le deuxième homme. Je sais qu'il faut s'inscrire au centre éducatif, pour obtenir une cellule au premier étage. Un gardien fournira des lames de scie et une clé. Il faut découper un barreau de fenêtre, se laisser tomber dans le passage qui sépare la troisième division de la cour de promenade. Tu vois la porte en métal gris tout au fond ? Celle qui permet d'accéder entre les enceintes ? Un tour de clé et tu te retrouves devant le mur extérieur. Une corde avec un crochet suffisent pour franchir l'obstacle.

— Et le type dans le mirador ?

— C'est notre maton qui sera de garde.

— Combien ?

— Deux cent mille francs. Cent mille d'avance, le reste juste avant le départ.

— Et s'il s'agit d'un traquenard ?

— À quoi ça l'avancerait le fils de pute ? Il perd le fric et récolte un tas d'emmerdements.

— Qui est l'autre ?

— Un Italien qui s'est pris dix ans.

Claudio se souleva pour s'asseoir sur la couchette. La traverse de fer lui donnait un torticolis atroce à chaque fois qu'il l'utilisait comme appuie-tête. Un calendrier du Ramadan était apparu sur le mur. À partir du 17 mars, tous les musulmans, la majorité des détenus, allaient entrer en transe religieuse. Raponi, en dépit des efforts qu'il faisait pour comprendre ce genre de traditions, ne pouvait s'empêcher de les tourner en dérision.

— Eh, Jihad... Tu vas faire Ramadan ! fit Claudio en se tournant vers le nouveau qui dormait à terre, sur un matelas jeté entre le lavabo et la table.

L'autre répondit d'un ton grave.

— Certainement. C'est une chose saine. Ça fait du bien de changer les habitudes.

— Ça fait du bien à qui ?

— Pendant un mois, on se prive des plaisirs, ça remet le corps en place et c'est un bon exercice spirituel. La privation favorise la réflexion.

— T'as raison. Surtout avec toutes les noubas qu'on fait ici, un peu de repos va nous faire du bien !

Jacques, qui semblait dormir, se dressa en éclatant de rire.

— Ça, mon pote, c'est le new age, le consensus, même à l'intérieur des prisons. On ne sait plus qui est l'ennemi ! Avant on se purifiait en crachant à la gueule des gardiens, maintenant les prisonniers se calment en faisant du yoga !

— C'est peut-être la solution, pourquoi t'as pas essayé ?

— T'as regardé autour de toi ? Neuf types sur dix sont là pour des histoires de drogue, et ils vendraient leur mère pour trois gouttes de valium... Celui-là qui parle de purification, l'autre jour, ça l'a pas empêché de chier à côté de la tinette !

L'œil injecté de pastis du maton apparut dans l'œilleton. Il avait entendu les rires et était accouru. Ceux qui portaient l'uniforme ne supportaient pas qu'un détenu puisse manifester des signes de joie, c'était un affront à leur totale incapacité de vivre.

En dépit des barrières de ciment et d'acier, les premières brises de printemps emplissaient la cellule de leurs effluves.

En fait, Claudio aurait pu remettre son sort entre les mains des autorités judiciaires et politiques, avec l'espoir d'une libération assortie d'un cachet officiel sur un vague document. Pour la première fois, il aurait pu crier son nom dans la rue, alors qu'il n'avait derrière lui que vagabondage, clandestinité et cavale. Mais dans combien de mois ou d'années ? Et pendant toute cette période, planerait la menace d'un revirement d'opinion en haut lieu avec extradition à la clé. Italie, centre de détention hautement surveillé. Claudio Raponi, réclusion criminelle à perpétuité, entre autres pour le meurtre d'un directeur d'établissement pénitentiaire. Sale perspective. Il y songeait souvent depuis que Carlos lui avait parlé…

– Une belle évasion, une autre belle évasion, à ma façon…

5

Une semaine plus tard, Claudio fut réveillé par un surveillant qui lui accorda deux minutes pour rassembler ses affaires personnelles. Sa couverture en vrac sur les épaules, il suivit l'autre jusqu'au premier étage. Les pas résonnaient comme des coups de tambour dans la grande structure de bois et métal. Trois mois plus tôt, il y avait eu le choc du premier contact avec la prison. Du corridor et des escaliers, on découvrait le décor lugubre de la division. Un jour maladif filtrait à travers des lucarnes protégées par une double rangée de barreaux. Un filet tendu entre les côtés de la galerie prévenait un éventuel suicide, volontaire ou non. Il s'arrêta devant le n° 121. Le gardien ouvrit la porte et ajouta le matricule 727862 sur la plaque d'identification. Il y avait déjà un autre nom, Andrea Limone 398824.

La couchette inférieure était occupée. Claudio entra, posa son fardeau à terre, et comme le veut la coutume, salua en premier. L'autre hocha la tête sans dire un mot. La cellule ressemblait à toutes les autres. Une peinture blanche recouvrait les murs. Quelques objets avaient été disposés sur les murs avec un soin maniaque : des photographies représentant des scènes de guérilla africaine, la page centrale d'une revue avec un M16 équipé d'un lance-grenades et le poster d'une fille nue se masturbant avec la collaboration d'un serpent python. À la tête du lit, un cliché montrait l'occupant des lieux, torse nu, aux côtés de deux petits métis et d'une splendide Noire souriant avec orgueil.

Dès que le gardien se fut éloigné, le type se leva avec agilité, la main tendue.

— Excuse-moi, je voulais pas avoir l'air de t'attendre. Faut que t'aies l'air d'être arrivé là complètement par hasard. Tu veux un café ?

Tandis que Claudio s'installait, Andrea lui exposa en détail le plan d'évasion. Identique dans ses grandes lignes à ce qu'avait révélé Carlos.

— Écoute bien. Je sais que t'es communiste ou une connerie du même acabit. D'habitude je traite pas avec ces gens-là. Les politiques, c'est tous des putes.

Il fit une pause et un effort pour durcir son regard.

— Je t'ai pris avec moi parce qu'on m'a donné des bonnes références. Il paraît que t'es différent de tous les enfoirés que tu fréquentes. Et puis à deux, c'est plus sûr que tout seul.

Claudio n'eut aucune réaction. Avec des mouvements précis, il noua les draps au matelas, suivant la vieille habitude carcérale qui permet de maintenir le lit toujours fait. Puis un sourire lui vint au coin de la bouche.

— Alors, c'est la belle vie au premier étage ?

Limone fut immédiatement sur la défensive, désarçonné par la désinvolture de Claudio, qui enchaîna sur le même ton.

— Écoute, camarade, j'ai pas l'impression que toi, tu sois vraiment différent des autres. Et puis j'ai cru comprendre qu'il s'agissait d'une évasion, pas d'un échange de curriculum vitae.

Limone se leva, parcourut la cellule à pas soigneusement mesurés, puis soudain lui assena une grande claque sur l'épaule.

— O.K., on oublie ça. J'étais obligé de me renseigner un peu sur toi, tu piges ? Ça m'emmerde qu'un type réglo aille déconner dans la politique, mais enfin…

Il versa l'eau du thermos pour un troisième café.

— Faut quand même pas que t'oublies que c'est moi qui dirige la manœuvre. Tu n'auras aucun autre contact jusqu'au moment où on se séparera. Une voiture nous attendra dehors pour nous emmener à Paris. Après, chacun pour soi.

Claudio fixa Andrea, soutenant son regard, puis leva sa tasse de café.

— *Va bene*… À la nôtre.

Au fil des jours, Andrea se révéla plus ouvert qu'il n'avait voulu paraître. À l'inverse des autres détenus, il ne s'étalait pas sur son passé. Il raconta simplement son arrestation, à bord d'un voilier arraisonné par les douanes françaises. Le bateau s'était révélé une véritable armurerie flottante, et Andrea n'en avait jamais révélé la destination.

Un dimanche matin, le maton de service ouvrit la porte.

— Limone Andrea. Service religieux.

Que son compagnon de cellule nourrisse un sentiment mystique laissa Claudio songeur. Pendant qu'il se changeait pour sortir, l'autre s'approcha et murmura :

— T'inquiète pas. C'est le contact.

À dix heures et demie, il était de retour. Il se débarrassa immédiatement de son costume et endossa un survêtement, dont il possédait une douzaine d'exemplaires.

— Saleté de curé ! Ce salopard était missionnaire en Afrique avant de venir à Fresnes. Il a dû bouffer du cul de négresse à tous les repas et il parle de pénitence et de péchés aux pauvres cloches qui se branlent au fond de leurs cellules…

— Ça m'aurait plu de te voir en prières, avec ta tronche de pirate ! rigola Claudio.

— C'est pour la nuit de mercredi. Le 20 mars, dans trois jours. Tu balanceras toutes les feuilles que t'as gribouillées, il faut rien laisser traîner.

Claudio alluma une cigarette, tandis qu'un frisson lui parcourait l'échine. À l'instant seulement, il prenait conscience que l'échéance était proche. Il tenta d'imaginer la vie de l'autre côté des barreaux, des cavales, des planques. Cette fois, pour toujours. Aucun gouvernement ne lèverait le petit doigt en sa faveur. Pas après ce qu'il s'apprêtait à faire. Il chassa vite l'idée d'une possible alternative. Trop tard. Il avait franchi le point de non-retour.

Andrea continuait.

— Aujourd'hui, c'est le début du Ramadan. Tous ces cons d'Arabes vont dormir dans la journée et attendre le soir pour commencer leur bordel.

Il s'approcha de la fenêtre et caressa un des barreaux.

— Le bruit, ça nous aidera bien.

Il avait déjà relevé l'horaire des rondes entre dix heures du soir et cinq heures du matin. Claudio décida d'effectuer un ultime contrôle. Le maton dont Andrea avait graissé la patte prenait la charge du mirador entre une heure et trois heures du matin. À l'intérieur, les services suivaient un rythme identique, toutes les deux heures. En théorie, le passage dans les cellules s'effectuait toutes les heures, mais se limitait en fait au début du service et au dernier quart d'heure. Approximativement 1 h 25 et 2 h 45 du matin…

Claudio ne trouvait pas le sommeil. Tout était prévu dans les moindres détails, mais des plans sans faille, il en avait connu d'autres… Andrea prétendait que le risque majeur était constitué par les autres détenus. Aucun n'hésiterait à les dénoncer, dans l'attente d'une misérable récompense. Dix ans après, les prisons n'étaient plus les mêmes. Là aussi, la drogue avait opéré ses ravages. Les quelques valeurs qui subsistaient dans le milieu carcéral, dressant au besoin un mur contre la répression, s'étaient dissoutes au fond des seringues. Un individualisme mesquin avait laminé les acquis payés au prix fort dans les années passées. Claudio n'avait en face de lui qu'un troupeau de zombies amorphes et il se sentait vraiment seul. Quant aux rapports qu'il entretenait avec Andrea, ils n'étaient que le fruit des circonstances.

Le lendemain, il se réveilla avec une forte migraine.

– J'ai du Dafalgan 500 dans mon armoire, fit le compagnon de cellule. Fais gaffe à pas confondre avec le Roipnol, tu serais out pendant deux jours…

Dans l'après-midi du même jour, Andrea fut appelé par le dentiste. Au surveillant qui se tenait devant la porte, il demanda quelques instants pour aller aux toilettes. Le maton claqua la porte avec mauvaise humeur et Andrea, saisissant le tabouret, passa à l'abri du muret qui dissimulait la cuvette des W.-C. Il dévissa le bouchon de regard de la canalisation et tira sur un fil pour extraire un rouleau de billets protégé d'une enveloppe en plastique. En hâte, il glissa l'argent dans son slip.

– Le dernier paiement…

6

Firmin Paulié avait trente-neuf ans. Il était maton depuis dix-sept années, dont cinq à la Maison d'Arrêt de Fresnes. Il avait grandi dans la misère du ghetto de Dillon, cité d'urgence qui fournissait une main-d'œuvre à bon marché pour l'industrie du rhum de la Martinique. Comme beaucoup de marginaux sans emploi, il vivait de petits trafics entre les différentes îles des Antilles. D'une façon ou d'une autre, il prenait déjà le chemin de la prison… Sous la pression familiale, il avait franchi un pas décisif : l'administration pénitentiaire recrutait. Après une formation préliminaire, il avait rejoint l'École des Agents de Surveillance de Fleury-Mérogis.

Paulié avait vite découvert que la nationalité française ne suffisait pas à faire de lui un Occidental à plein temps. La porte de la prison franchie, les collègues semblaient brusquement redécouvrir la couleur de sa peau. Alors, il déchargeait sa rancune contre les détenus africains. Il vivait ainsi à mi-chemin de l'Europe et de l'Afrique. C'était le paradoxe ambigu dont souffraient tous les Antillais de la métropole, nègres pour les uns, renégats pour les autres. Depuis longtemps, il rêvait de tout abandonner et de retourner dans l'Île. Il ne lui manquait qu'un capital de départ pour acquérir la maison au milieu des bougainvillées...

Il avait ainsi entrepris d'organiser un petit trafic qui allait des bouteilles de whisky aux quelques grammes de haschisch. Il envoyait discrètement les bénéfices à Fort-de-France. Pourtant, il ne récoltait que des miettes, 300 francs la bouteille...

Andrea Limone avait débarqué à Fresnes l'année précédente. Firmin Paulié l'avait escorté jusqu'au registre des entrées et l'Italien avait eu quelques paroles aimables. Paulié avait procédé à la fouille réglementaire et mis au jour un billet de cinq cents francs, simplement plié au fond de la poche. Le prisonnier avait ostensiblement détourné les yeux, avec une ombre de sourire complice. Le maton, sans trop hésiter, avait subtilisé le billet. Deux jours plus tard, alors qu'il était de service à l'étage, la sonnerie du 121 avait retenti. Il avait planqué le flacon de rhum et remonté la galerie à pas lents. Andrea Limone l'attendait dans sa cellule, vêtu d'une superbe combinaison Sergio Tacchini.

– Rien de grave, chef. Je voulais seulement dire que vous êtes malgré tout un type bien, réglo avec les prisonniers. Voilà, j'ai un petit cadeau pour vous, avait-il dit en lui tendant une enveloppe. J'aurais bien aimé vous offrir un cognac, mais ici, évidemment…

Sans dire un mot, Paulié était retourné derrière sa petite table au fond de la galerie. Il s'était octroyé une ration supplémentaire de rhum agricole et les mille francs avaient glissé dans son portefeuille. Deux jours plus tard, une bouteille de Cognac Martell atterrissait discrètement dans la cellule de Limone. Pendant les mois suivants, les affaires avaient suivi leur cours entre les deux hommes. Une bouteille de temps en temps, du transit clandestin, colis, lettres, deux ou trois coups de fil, et enfin la fatidique proposition.

– Pas possible, ça, pensait Firmin Paulié. Même s'il me filait dix briques, je le ferais pas…

Des infractions au règlement, il en avait commis, dans une certaine limite cela faisait partie du jeu. Au maximum, il risquait un transfert pour motif disciplinaire. Mais il avait toujours su jusqu'où il pouvait aller…

Pourtant, aujourd'hui, l'offre de ce foutu salopard de Limone le plongeait dans une crise profonde. Cet argent, il le voulait, et en même temps il représentait sa perte. Entre les petits trafics à l'intérieur de la prison et l'évasion d'un prisonnier, il y avait un gouffre dans lequel chutait immanquablement la tête du maton complice. Il ne pouvait l'ignorer. C'était non. Il allait remettre les choses au point avec cette ordure et dorénavant, fini le cognac.

Le soir même, il entra dans la cellule 121.

— Monsieur Firmin Paulié, je vous salue bien, comment allez-vous ? fit le détenu avec une cordialité excessive, et la petite Anna, comment se porte-t-elle ?

Le gardien resta pétrifié. L'autre connaissait son nom, secret rigoureusement imposé par le règlement, et il connaissait celui de sa fille... Pour la première fois, il eut une conscience aigue du péril constitué par ses activités parallèles. Il avait peur. Vraiment.

— Écoute, continua Limone sur un autre ton, je t'ai expliqué que tu ne risquais rien. On ne pourra pas connaître le lieu et l'heure de l'évasion. De quoi t'as peur ? Pourquoi est-ce qu'ils s'intéresseraient à toi plus qu'à un autre ? Le seul danger, c'est la façon dont tu utiliseras le fric.

Les deux hommes croisèrent le regard tandis qu'un silence à haute tension emplissait la cellule. Le maton baissa la tête, le premier, et l'autre eut un sourire vainqueur.

— Cent mille francs à la livraison des outils et autant avec la clé, juste avant le départ.

Paulié ne put dissimuler sa surprise. Il n'attendait pas une telle somme.

— Penses-y avant de refuser, reprit Limone, pense à tout ce que tu perdrais.

Les jours suivants, il s'appliqua à dissimuler sa nervosité, avec l'arrière-pensée de ne pas éveiller les soupçons des collègues. Il avait raconté que sa mère était gravement malade.

Il savait que l'Italien se méprenait sur le compte de la commission d'enquête. Ils ne passeraient pas l'éponge aussi facilement. Ils finiraient par le coincer, tôt ou tard.

C'est en regardant la télévision qu'il eut la bonne idée. Un mauvais feuilleton américain lui avait fourni la solution. Tellement simple. À présent, on pouvait jouer gros, c'est lui qui tenait la banque.

Le mercredi 20 mars, à 18 h 25, le surveillant de service tira les verrous de sûreté sur les portes des cellules. Le repas une fois servi, les prisonniers restaient reclus jusqu'au matin suivant. Claudio et Andrea échangeaient des demi-sourires crispés. Les deux saucisses flottaient toujours dans leur bouillon de lentilles, et ils avaient épargné les canettes de bière, au prix d'un certain effort de volonté. Dehors, il faisait encore jour, et Andrea voulait attendre avant d'attaquer les barreaux. Claudio prit une cuillère pour ôter les vis du tabouret métallique. Andrea brisa un rasoir jetable, récupéra un morceau de lame et entreprit de découper sa ceinture de cuir. Au fur et à mesure, il dégageait des fils d'acier d'une grande finesse. Des cheveux d'ange. Claudio les roula entre ses doigts.

— Ma sono un casino !

— Ils se désagrègent facilement. Je pense que ça ira.

Il fallut entourer les pieds du tabouret avec des serviettes-éponges, de façon à amortir l'impact du crochet au sommet du mur d'enceinte. Andrea sépara les brins d'une rallonge électrique qu'il entortilla autour de deux draps découpés en lanières. Une corde pour descendre dans la cour, une autre pour le mur extérieur. Ils travaillèrent pendant deux heures, sans perdre de vue la porte et l'œil rond du mouchard. Un brouillard léger tombait sur la prison.

— Tant mieux, si jamais il y avait un connard qui regardait par la fenêtre…

Un vacarme de vociférations gutturales s'échappait de la deuxième division, juste en face d'eux. Le ramdam du Ramadan. Andrea graissa le premier cheveu d'ange avec du beurre et l'appliqua contre le barreau. Le résultat était miraculeux, bien que les fils se brisassent aisément. Au huitième brin, la barre se trouva sciée en deux. Avec ce qui restait du tabouret, ils la firent plier sur le côté et pratiquèrent sans difficulté une ouverture dans le grillage extérieur. Tout était prêt. Ils passeraient à l'action à deux heures précises, dans plus d'une heure. Entre-temps, les Arabes cesseraient le chahut et se retireraient pour manger leurs beignets.

Claudio tira les languettes des deux canettes de bière. Ils s'assirent sur le lit en écoutant la rumeur qui diminuait lentement. Ils échangèrent un sourire crispé et complice en forme de mutuel adieu. Hors d'ici, chacun reprendrait sa route. Claudio était la proie d'une grande agitation, même s'il restait attentif à ne pas trahir ses sentiments. Puis il comprit qu'il avait honte, non pas à cause de sa peur, mais de la retenue qu'il avait montrée à l'endroit de son compagnon. Il éprouva soudain estime et affection pour Andrea.

À deux heures, ils s'enroulèrent les cordes autour de la taille et enfilèrent leur blouson. Raponi avait décidé de conserver ses écritures et il glissa le cahier sous sa chemise.

— Une fois ouverte la porte entre les deux enceintes, on fixera le crochet à la corde et je balance le truc en haut du mur. Tu attendras que je sois arrivé en haut…

La voix d'Andrea était sèche et ses yeux étroits comme deux fissures. Dehors, l'air était frais et le brouillard épais. Dans le plus grand silence, ils rejoignirent la porte en métal gris.

Raponi poussa la clé dans la serrure. Quatre mètres et il y avait le grand mur gris. Limone prit son élan et, au premier lancer, accrocha le sommet de la muraille. En quelques brasses puissantes, il franchit la hauteur. Raponi referma la porte et mit la clé dans sa poche. Au moment où il allait s'élancer, deux courtes rafales déchirèrent la nuit.

Claudio, le souffle suspendu, perçut nettement le bruit du corps d'Andrea qui chutait de l'autre côté. Il aurait voulu hurler, mais pas un son ne sortit de sa bouche. Rapidement, son cerveau reprit du service. Il rouvrit la porte grise, la tira derrière lui, mit deux tours à la serrure, puis posa la clé à terre devant l'interstice entre le sol et la porte. D'un coup de pied, il propulsa la clé vers l'extérieur. Tout de suite, il fut sous la fenêtre de la cellule, devant la corde qui pendait encore. En quelques secondes, il redevint prisonnier.

Il s'assit sur le lit d'Andrea, la tête entre les mains.

– Le fils de pute, répétait-il, un piège, un piège…

Et maintenant ? Il ne pouvait rester ainsi à attendre la suite. Il bondit vers l'armoire d'Andrea, trouva la boîte de Roipnol et avala trois comprimés, puis encore deux autres. Dehors, il y eut des appels, un coup de sifflet. Il regarda autour de lui, rangea ses affaires comme s'il n'avait jamais songé à quitter la cellule. Il s'enfila sous les draps et s'endormit immédiatement, avant même que le médicament n'ait fait son effet.

7

Le commissaire Lorand était arrivé très tôt dans son bureau. La Section Antiterrorisme était installée au dernier étage du Quai des Orfèvres, dans les locaux de la Brigade Criminelle dont elle dépendait. Sur la table se trouvaient les deux volumineux fascicules déposés la nuit précédente.

Il y a quelques heures seulement, pensa-t-il en consultant sa montre.

Une petite pluie fine aspergeait les vieux toits de l'Île de la Cité. Son regard glissa sur les petites armoires couleur excrément et les brûlures de cigarettes sur la moquette, et il songea aux cafards dont on n'avait jamais pu se débarrasser. Une nausée lui serra la gorge.

Il ouvrit le dossier ITAL258. Un agrandissement photographique montrait le corps d'Andrea Limone gisant dans une allée de graviers. Six impacts de 9 mm Parabellum, cinq dans la région thoracique et un à hauteur du cou, celui qui avait sectionné la jugulaire, selon le rapport d'autopsie. Ensuite, il saisit la fiche signalétique, cliché face et profil, et mit celle de Claudio Raponi en vis-à-vis. Deux visages différents, avec cependant quelque chose de semblable. Le regard peut-être. Une expression de dérision totale. Des romantiques incurables, comme toujours, songea le flic avec un certain ressentiment.

Comment se sont-ils rencontrés ? Se connaissaient-ils déjà ? Il n'y avait aucun lien apparent entre eux. À vérifier dans les archives d'Interpol.

La porte s'ouvrit et Corinne entra en portant deux tasses de café.

— Salut ! Déjà sur le coup ? fit-elle avec un air de petite mère empressée.

Le commissaire la salua d'un sourire reconnaissant. Corinne Salmon était son jocker. Petite, brune, rondelette, l'accroche-cœur sur la tempe et un regard éveillé de paysanne à peine débarquée en ville. Ses qualités s'appelaient ruse, intuition, prédisposition naturelle au mimétisme. Elle pouvait coller aux basques de n'importe quel suspect sans éveiller le moindre soupçon. Pourtant, dans l'affaire Raponi, elle avait dû décrocher in extremis.

— Qu'est-ce qu'il s'est passé à Fresnes selon toi ? demanda Lorand à brûle-pourpoint.

Elle posa délicatement la tasse et répondit sans trop hésiter.

— Raponi a sauvé sa peau de justesse, ça me semble évident, et comme c'est pas le dernier des imbéciles, il a improvisé le rôle du type drogué en dehors du coup.

— C'est ce que je pense aussi. Ce qu'il ignore, c'est que dans une dizaine de jours maximum, il doit être remis en liberté. Liberté surveillée, mais liberté quand même. J'ai parlé au juge hier. Il n'y aura pas d'extradition. Raponi devait pourtant bien s'en douter...

— Il s'est déjà évadé une fois en Italie. Je crois que, pour lui, la liberté n'a rien à voir avec une décision de justice. C'est un inadapté social et tout compromis doit le démanger comme un furoncle sur le nez.

— Ouais... Pourtant, dans cette histoire d'évasion, il y a quelque chose qui cloche. La clé par terre devant la porte d'enceinte, les scies à métaux. Et puis je crois pas qu'un type avec l'expérience de Limone aurait escaladé un mur à découvert à vingt mètres d'un fusil-mitrailleur. Un truc a foiré, il y a pas de doute. Rappelle Fresnes encore une fois pour Raponi...

À 10 h 30, la R25 du commissaire Lorand abordait les bâtiments de la Maison d'Arrêt. L'hôpital était un gros parallélépipède horizontal séparé du corps de la prison par une petite allée, celle-là même où l'on avait retrouvé le cadavre de Limone. À l'entrée, le surveillant déchiffra soigneusement les papiers du policier puis décrocha le téléphone. Alors que Lorand commençait à maudire la connerie des gardiens de prison, l'autre raccrocha et ouvrit le portail blindé.

Un docteur Habib l'attendait dans une cage d'escalier équipée en bureau.

— Il y a deux heures, on lui a injecté un truc pour qu'il reprenne connaissance. Il doit avoir très mal à la tête, mais à part ça, il se porte bien. Le directeur l'a déjà vu, mais il n'a pas ouvert la bouche.

Le médecin l'accompagna à l'étage et fit signe au maton d'ouvrir la porte blindée. La serrure électrique claqua et Habib entra le premier. Le décor était celui d'une clinique décente, à part qu'il y avait des barreaux aux fenêtres. Claudio Raponi était allongé sur le côté, tournant le dos à la porte. Le commissaire chercha du regard une chaise ou un tabouret.

— Bonjour, Lorand, dit Raponi sans se retourner.

— Salut, Claudio. Tu... étais au courant de ma visite ?

— Non.

La voix était rauque, il se retourna lentement, le visage de la même couleur que les draps.

— Un flic qui ne fume pas...

— Avec la tête que tu as, c'est sûr qu'une cigarette t'achèverait !

— J'ai la gorge et l'estomac en flammes, comme si j'avais été charcuté.

— On t'a fait un lavage d'estomac, à cause de toute la Méthadone que t'avais ingurgitée.

Le commissaire François Lorand culminait à un mètre quatre-vingt-cinq, enrobé de quatre-vingt-dix kilos de muscles et de graisse. Les tempes dégarnies annonçaient la calvitie et son costume resterait à jamais en deçà de l'élégance. Raponi l'observait avec un sourire contraint.

— Vous avez apporté une bouteille, au moins ?

— Je te rappelle que quand t'as sifflé la mienne pendant que je t'interrogeais, tu avais promis de me la rendre... Qu'est-ce qui t'a pris, Claudio, il n'y avait pas le feu, bon Dieu ! Tu ne pouvais pas attendre tranquillement l'ordonnance du juge pour sortir ?

Raponi fixa le plafond d'un œil embué. Il respira profondément pour ajouter :

— Qu'est-il arrivé exactement ?

Soudain, avec une énergie inattendue, il se redressa sur le lit.

— Tout le monde pose des questions et personne n'explique rien, j'en ai plein les couilles !

— Andrea Limone est mort. Six balles à courte distance, ça ne pardonne pas. Le gardien de service au mirador affirme avoir fait les sommations d'usage avant de tirer. Je me demande si ça s'est vraiment passé ainsi.

Raponi détourna lentement la tête. Après un silence, il répondit.

— Je suis vraiment désolé pour Andrea, je ne pensais pas qu'il avait de telles intentions.

— Écoute, ne viens pas me raconter des conneries, pas à moi ! Tu me prends pour une assistante sociale ! Tu es un lâche, on a flingué ton copain et au lieu de m'aider à coincer celui qui vous a emmenés en bateau, tu restes planqué dans ton plumard à jouer les drogués !

Raponi retrouva soudain des couleurs.

— C'est pas mon problème, monsieur le Commissaire. De toute manière, je ne suis pas revenu du Mexique pour avoir le plaisir de m'évader d'une prison française… C'est tout.

D'une saccade, il tourna le dos.

— Tu vas pas t'en tirer comme ça, fit sèchement le policier.

Il se leva et, sur le seuil, ajouta :

— Toi, tu as eu de la chance. On ne peut pas en dire autant de Limone.

Pendant un très long moment, Raponi demeura strictement immobile. Il ne pleura pas.

L'après-midi, il fut réintégré dans la prison. On le plaça à l'isolement, sur ordre du magistrat qui instruisait l'affaire de la tentative d'évasion. Il demanda la restitution de ses effets personnels, mais ceux-ci semblaient s'être envolés et plusieurs jours s'écoulèrent avant qu'il apprenne que le juge les avait placés sous séquestre. Il n'en avait que faire. Il était rempli d'une haine qui suffisait à tous ses besoins.

Le 27 mars, à 21 h 45, Claudio Raponi lavait ses slips et ses chaussettes dans le petit évier de la cellule, quand le bruit des verrous le fit sursauter. Il recula de quelques pas. Il s'attendait à tout.

— Claudio Raponi, matricule 727862. Prépare-toi à sortir, tu es libre.

8

Elle était déjà réveillée depuis quelques minutes, sans pourtant se décider à ouvrir les yeux. Elle se refusait à formuler un programme pour la journée. Elle ne respectait jamais les programmes. La rumeur de la circulation lui parvenait par bouffées. Elle songeait aux grandes lames du Pacifique dont les sourdes rafales s'ouvraient sur la plage dans un rythme lent et répété. Elle effaça cette image pour mettre fin aux associations d'idées, et se força enfin à ouvrir les yeux. À travers les rideaux, filtrait la lumière menaçante d'un matin pluvieux. Un instant, elle eut envie de se pelotonner contre le corps chaud de Tury encore endormi à ses côtés. Doucement, elle se glissa hors du lit. Elle ne voulait pas l'éveiller, il l'aurait immédiatement énervée avec son imperturbable sérénité. Elle entra dans la cuisine et choisit la cafetière petit modèle. Elle se vida la tête, écoutant juste le ronflement du frigo. Quelque part, il devait y avoir quelques traces de cocaïne à sniffer, reliquat d'une soirée sans bonheur, mais l'idée lui sembla trop stupide. Elle n'était pas une junkie, elle. Une petite ligne de temps en temps, plutôt par ennui. Ce n'était pas le moment. À quoi allait-elle encore renoncer avant qu'il ne se décide à l'appeler ?

Elle se passa la main dans les cheveux, s'avança vers la salle de bains mais s'arrêta en chemin, les gestes suspendus. Elle avait accepté de jouer un rôle mais les événements l'avaient prise de vitesse et depuis quelque temps, elle se débattait comme un poisson hors de l'eau. Une nouvelle fois, elle fit un effort mental pour venir à bout de ce conflit intérieur, puis entra dans la baignoire et ouvrit en grand les robinets. Elle aurait voulu demeurer immergée le plus longtemps possible, mais seulement une demi-heure après, elle se passait du rouge à lèvres devant le miroir. Elle s'appliqua quelques touches de poudre et observa son reflet. En dépit du maquillage, son visage semblait fatigué. Elle songea que quelque temps auparavant, elle aimait ces traits émaciés d'aventurière, et s'autorisa un léger sourire. Sur la pointe des pieds, elle retourna dans la chambre, enfila une jupe bleue qui ajustait ses formes jusqu'au-dessus du genou, une chemise décolletée de la même couleur, un pull dans les tons rouges et une veste de cuir noir.

Elle pénétra dans le bureau, adressa un regard hostile à l'ordinateur, et laissa un mot pour Tury. Elle prit son sac, puis sortit sans faire le moindre bruit. La pluie avait cessé, mais l'air était saturé d'humidité. Une journée de fin mars qui rappelait ces mois de novembre stupides et sans relief. Il fallait danser autour des flaques d'eau et la puanteur montée des égouts se mêlait à l'odeur caractéristique des chiens mouillés. Elle tourna à l'angle de la rue et entra dans le bar habituel. Le patron la salua avec chaleur. Elle commanda un express et demanda la ligne pour le téléphone. Il était plus de dix heures et sa sœur devait se trouver au bureau. De trois ans sa cadette, Laura enviait l'existence un peu anarchique de Carmen, tout en sachant qu'elle-même serait incapable d'en assumer tous les aspects. Carmen ne racontait pas tout à sa sœur, lui réservant simplement les trop-pleins d'émotions qui appelaient un petit réconfort. Elle était sa soupape de sécurité. Elle composa le numéro et il y eut une série de déclics avant que la communication s'établisse.

— Carmen ? Tu as une de ces voix ! Comment ça va ?

— J'en sais rien. Mal, je suppose.

— Alors, il est sorti ?

— Hier soir, tard.

Il y eut un silence, puis Laura reprit :

— O.K., il est dehors et toi, tu sais pas encore si tu dois en rire ou en chialer.

— T'as deviné, répondit-elle un peu sèchement.

Elle soupira, appuya la tête sur l'écouteur et changea de ton.

— Parfois, je ne sais plus quoi faire… Tout cela est devenu insupportable. Si seulement il était resté au Mexique…

— Écoute, tu n'as qu'à laisser tomber, une fois pour toutes !

— Tu crois que c'est aussi facile…

— Alors, c'est que tu es amoureuse !

— C'est pas seulement ça… À vrai dire, je n'y comprends rien moi-même.

Laura lui parla de ses collègues, tous insupportables. Carmen raccrocha, ne se sentant ni mieux ni pire qu'avant. Elle descendit la Via Tornabuoni en s'arrêtant devant les vitrines. Elle entra dans une boutique de mode pour hommes et examina une chemise en lin et coton, couleur parme, avec un col rond et une petite poche à fermeture éclair. Elle déboursa quatre-vingt mille lires et emporta deux exemplaires du même modèle, une grande taille et une médium. C'était sa façon de créer une distinction entre Tury et Claudio.

À 11 h 25, elle ouvrait la porte de l'appartement. Au moment où elle entrait, le téléphone se mit à sonner. C'était Raponi, qui appelait de Paris.

Elle aimait entendre ce « Ciao, c'est moi ». Le ton rogue de l'homme qui n'avait jamais supporté le téléphone l'emportait dans une vague de tendresse. Pour cette raison, elle ne répondit pas immédiatement. Elle voulait jouir le plus longtemps possible de ces quelques mots tant attendus. Quand elle parla, sa voix se fit calme et pleine.

— Comment ça va, Claudio ? Je peux t'appeler Claudio, maintenant ?

Après quelques instants, elle ajouta :

— Tu veux qu'on se voie ?

Il éclata de rire. Un rire d'entente cordiale, satisfait et rassurant.

— Ça sera comme tu voudras, répondit Claudio et il s'esclaffa encore.

— Parfait. Je vois que rien n'a changé, fit-elle, d'un ton faussement contrarié.

Raponi quitta la cabine en oubliant la carte téléphonique. Il éprouva soudain un vide absolu, comme si sa propre vie flottait devant lui, à portée de main et en même temps hors d'atteinte. Il s'interrogeait sur ses rapports futurs avec Carmen, se rappelait Andrea Limone. Il revoyait la photo sur le mur de la cellule, la fille noire avec les deux enfants. Il avait besoin d'un verre. D'une bouteille même.

Il consulta le plan du métro. Quatre stations seulement pour Châtelet. Il irait à pied chercher de la tequila. Sur le boulevard Sébastopol, il repéra immédiatement la boutique de liqueurs. Il passa en revue les rangées de bouteilles et s'arrêta sur une étagère où trônaient des flacons de vieil Herradura blanc. Une étiquette lui sembla vaguement familière, il s'approcha et s'exclama, quasiment à voix haute :

— Tapatio !

Il se souvenait parfaitement des paroles d'un vieux cocher mexicain.

— Hombre, une vraie tequila ne peut être qu'une Tapatio, c'est comme boire directement dans le cactus !

Il quitta la boutique satisfait, la bouteille sous le bras.

Il savait qu'il devait prendre un certain nombre de décisions mais se sentait trop perturbé pour juger objectivement la situation. Il voulut appeler Bob mais se souvint qu'il était absent à cette heure de la journée ; il aurait volontiers bu quelques verres avec lui. À un arrêt d'autobus, il entreprit d'ouvrir la bouteille et sentit des regards hostiles braqués sur lui. Il la remit dans le sac en songeant qu'au Mexique, où la consommation d'alcool en pleine rue était prohibée, personne ne se serait offusqué devant son geste, tandis que dans la France démocratique, on s'indignait en société avant d'aller se défoncer au pastis.

Il retrouva enfin son petit appartement. Certains jours comme celui-là, il fuyait l'humanité. Il pensa à l'époque où, militant de l'avant-garde, il se dévouait aux masses, corps et âme.

Encore heureux qu'on n'ait pas pris le pouvoir, pensa-t-il et il rit tout seul, sans amertume.

Il se prépara un verre bien tassé, choisit une cassette de Tina Turner, et s'allongea à même le sol sur un coussin du divan. La Tapatio était parfaite, toutes les sensations d'une bonne tequila. Peu à peu, il retrouva une certaine sérénité. Son esprit vagabondait dans la chaleur du Mexique, les amis, les fêtes sans fin, la maison sur le Pacifique, puis l'aéroport de Mexico et le retour en France. Huit mois seulement… Il se versa un autre verre et s'efforça de revenir au présent.

Il s'occuperait du gardien de prison, il le devait à Andrea Limone. Ensuite, il ne manquait pas d'idées ni de projets, dans un Paris privé d'enthousiasme, une cité apathique, un monument à la nostalgie.

Le lendemain matin, il s'éveilla très tôt. La grande verrière qui ouvrait sur le jardin intérieur était dépourvue de stores et la lumière inondait la pièce. Raponi se sentait en forme. La bouteille de tequila était quasiment achevée, sans vestiges de gueule de bois dans son sillage.

À présent qu'il avait mis un plan sur pied, il avait repris de l'assurance, car l'action prochaine lui conférait un équilibre mental. Il dégusta un café maison et songea que Carmen arrivait dans trois jours. Son mal d'estomac avait disparu, signe qu'il se trouvait sur la bonne voie. Il entreprit de s'habiller en sachant qu'il pouvait dorénavant se permettre une certaine liberté vestimentaire, sans contraintes liées à l'anonymat obligatoire, au « passer inaperçu » à tout prix. Il eut l'impression d'avoir traîné depuis toujours le poids de deux personnes. Il se sentit donc à la fois plus léger et plus jeune.

Dans l'entrée, il croisa le concierge. Domingo Texieras était un Portugais grassouillet avec deux petits yeux noirs qui venaient fouiller partout.

Fidèle à la tradition des concierges collabos, il avait donné un coup de main à la police quand elle était sur ses traces, quelques mois plus tôt. Il lavait la vitre du portail et, en voyant Raponi, s'écarta peureusement. Claudio le fixa droit dans les yeux, puis, à la surprise du concierge, le salua cordialement.

L'autre eut un moment de confusion, balbutia un bonjour et afficha un sourire idiot. Claudio s'éloigna pour ne pas éclater de rire.

La bibliothèque publique la plus proche se trouvait rue de Richelieu. Il prit le 27, descendit place d'Italie et utilisa le métro pour rejoindre le centre. Durant le trajet, il ne se retourna pas. Il était quasiment certain d'être observé par la police. Il entra dans l'immeuble. Derrière une rangée de guichets, des employés s'énervaient sur des terminaux d'ordinateur. Raponi les examina, un à un, choisit une fille aux cheveux roux et aux dents saillantes, et se plaça dans la bonne file. Quand il arriva devant elle, il produisit son meilleur sourire.

— Bonjour, Mademoiselle. Je voudrais consulter *France Soir* et *Le Parisien*. Les numéros du 14 au 18 janvier et du 19 au 25 mars.

La fille prit note et le pria de s'installer à une table. Peu de temps après, elle lui apporta quatre gros dossiers. Raponi, surpris par la rapidité du service, leva les yeux vers l'employée qui attendait un signe de remerciement. Ensuite, il ouvrit un des volumes à la date du 21 mars. La tentative d'évasion était relatée en première page de *France-Soir*. À l'intérieur, la quatrième page était entièrement consacrée aux faits divers. Le journaliste racontait les faits, plus ou moins précisément, en insistant sur le passé exotique et criminel d'Andrea Limone. Une photo montrait le cadavre aux pieds du mur d'enceinte. Le corps était recouvert d'une toile, seule la tête restait à découvert, dévoilant un visage déformé par la souffrance. Peu de chose sur le valeureux gardien qui avait fait échouer l'évasion. Commentaire du chroniqueur : « Ce n'est qu'un des milliers d'hommes qui pour un salaire modeste risquent chaque jour leur vie devant des criminels sans scrupules »…

Il ouvrit le volume suivant à la date du 15 janvier. Dans la page culturelle, il y avait un article annonçant un concert de rap à la fac de Saint-Denis et il le laissa bien en vue. Il fouilla encore, à la recherche de tout ce qui concernait le « hip hop » et dénicha au 23 mars une manifestation parisienne, avec le rappeur new-yorkais Kris Porcker en tête d'affiche. Il se leva pour demander à la même employée l'autorisation de photocopier deux articles.

— Je fais un reportage, dit-il sans insister trop. Il prit les copies et la remercia d'un œil chargé de promesses. Juste avant de quitter la salle, il jeta un regard distrait derrière lui. Un jeune type aux cheveux longs, avec des tennis et un sac à dos, s'adressait à l'employée.

Il retourna chez lui, se servit une tequila et se mit à envisager la suite. Surveillé nuit et jour, il n'était pas libre de ses mouvements. Il se mit à arpenter la pièce, les mains croisées dans le dos, réplique du va-et-vient dans la cour de la prison.

Quand il s'en aperçut, il s'obligea à l'immobilité. Il devait trouver le moyen de disparaître pendant une journée. À part les horaires de service qu'il connaissait déjà, il avait besoin de quelques informations supplémentaires sur Firmin Paulié.

Il y avait un reste de ragoût dans le frigo, assez pour un repas. Il fit réchauffer le plat et, debout devant la table de formica de la cuisine, il prit un jeu de cartes qu'il mélangea. Il en découvrit une sur trois jusqu'à épuisement du paquet. À la dixième carte, il tira un as : il avait perdu, et il battit à nouveau les cartes. Cela s'appelait « le solitaire du taulard » ; quand le numéro choisi correspondait à celui d'une carte découverte, on avait perdu.

Il mangea rapidement puis s'installa devant le petit bureau de bois noir, face à la verrière. Le bureau, il l'avait acheté dans un supermarché, peu avant son arrestation. D'un côté, étaient regroupés tous les livres, auteurs sud-américains pour la plupart, reliques de son séjour au Mexique. Une Olivetti 32 occupait la place d'honneur. Il aurait pu se procurer quelque chose de plus moderne, mais il aimait le cliquetis métallique des caractères sur le papier. Les tiroirs étaient encombrés de photos, diapos, ébauches de reportages sur les contrées peu connues de l'Amérique Centrale. Il pensait fourguer ces documents à quelque revue française, davantage pour se créer une image de journaliste que pour le misérable salaire qu'on lui octroyait.

Il alluma une cigarette et observa les merles qui, dehors, sautillaient dans le gazon. Le jardin intérieur venait buter contre un mur qui séparait en deux parties ce qui avait dû naguère ressembler à une grande cour. De l'autre côté, des enfants jouaient au football. Le ballon s'éleva, survola le mur et vint atterrir dans l'herbe du petit jardin. Quelques secondes plus tard, le visage inquiet d'un gamin apparut au-dessus des pierres. Il hésita puis se laissa tomber à l'intérieur, se précipita sur le ballon avant de faire le chemin en sens inverse. Raponi prit une bière dans le frigo et revint observer l'immeuble d'en face qui donnait sur la rue Jeanne-d'Arc.

Il ne fallait jamais sous-évaluer l'ennemi, sans toutefois se laisser paralyser par une paranoïa systématique faisant du policier un être invincible. Même s'il s'en était finalement tiré à bon compte, Claudio Raponi avait payé son ignorance des capacités d'action du SAT qui, pendant dix années d'absence, avait considérablement renforcé ses moyens.

Avant l'arrestation, il avait si rarement utilisé son téléphone qu'il en avait même oublié le numéro. Aujourd'hui, il voulait au contraire noyer ses anges gardiens sous un flot d'informations, en contactant toutes ses relations. Il laisserait échapper quelques mots équivoques et rencontrerait le plus de gens possible. Un ensemble d'activités parfaitement transparentes.

Il chercha dans l'agenda le numéro de Radhia, car il était persuadé qu'elle aussi se trouvait probablement sur écoute.

— Salut, ma belle, c'est Claudio.

— Claudio ! fit-elle, déconcertée, mais où étais-tu passé ?

— Un léger contretemps, des histoires de papiers, rien de trop grave. Quand est-ce que tu me fais un couscous ?

— T'es vraiment pas croyable, rigola-t-elle, tu disparais pendant des mois et tu voudrais que je te tienne le couscous au chaud en t'attendant ? Bon… si tu veux, viens ce soir, je te ferai goûter un Mascara que mon frère vient de rapporter. Tu verras ça, à ressusciter les morts.

— Avec toi, j'ai besoin de rien… Garde-le-moi au frais pour demain, ce soir je bouge pas, j'ai un travail à terminer et j'en ai pour un moment.

— Mais alors pourquoi tu m'appelles aujourd'hui, salopard !

— Pour m'assurer de ta fidélité, chérie !

— Va te faire foutre, ducon !… Et rappelle avant de te présenter !

Raponi se promit de passer vraiment une soirée avec elle. Jadis, Radhia était son contact avec les coordinations de jeunes dans les cités de banlieue.

Il sortit faire quelques pas dans la rue. À une cinquantaine de mètres de l'entrée de son immeuble, stationnait une petite camionnette aux vitres fermées, la carrosserie frappée du sigle d'une entreprise de transports. Il la dépassa tranquillement et s'engagea dans l'allée bordée d'arbres qui accueillait chaque dimanche les étalages du marché. Le café de la Poste se trouvait au bout de l'avenue. La blonde oxygénée derrière le bar lui adressa un sourire cordial, elle semblait contente de le revoir.

La table du coin était occupée par des petits vieux siroteurs de gros rouge. L'ancien juke-box, les effluves de bière acide, tout était en place.

Il commanda une Leffe pression, s'appuya au comptoir, et son regard balaya distraitement la place devant l'église. Un jeune couple aux allures de touristes fit irruption dans le pâle soleil de l'après-midi, et il les observa avec intérêt, presque avec tristesse, tandis qu'ils semblaient captivés par l'architecture médiocre du clocher. Un flic, même discret, restait aussi voyant qu'un touriste. Le fil de ses pensées se déroula ainsi jusqu'au commissaire François Lorand. Lui aussi paraissait rescapé d'une autre époque. Un résidu intelligent qui en faisait un adversaire dangereux. Il demanda une seconde bière et le film de sa vie se déroula devant ses yeux, car c'était dans ces moments-là, debout devant un comptoir de bar, qu'il avait le plus vivement conscience de sa propre réalité. Il avait choisi la voie des vaincus, et quand il avait vu la défaite se dessiner, le monde qui était le sien, son vieux tableau de famille, avait tout simplement disparu. Peut-être l'avait-il seulement rêvé, et toutes ces valeurs qui étaient pour lui l'essence de la dignité humaine se noyaient aujourd'hui dans le lointain comme les échos d'une légende dont il serait prisonnier. Ce qu'il se préparait à faire en mémoire d'Andrea Limone, ce qu'il accomplirait par la suite, ne serait qu'une ultime tentative de ressusciter une noblesse sans espoir. En dépit de l'objectivité de son analyse, il demeurait impuissant à entraver la fuite en avant, la course vers le précipice.

Les habitués du bar le dévisageaient avec insistance. Il paya et sortit.

Il devait contacter Orazio Pagani. Orazio connaissait comme sa poche le milieu des réfugiés italiens en France. Depuis plus de dix ans, il se débattait dans les tourments d'une génération perdue, une « race en voie d'extinction »... Claudio Raponi avait besoin d'un informateur, un homme qui pourrait l'éclairer sur certaines circonstances assez troublantes. Le téléphone était certainement sur écoute, mais peu importait. Pagani avait mis en branle toutes ses relations pour sortir Claudio de prison, rien d'anormal à ce qu'ils entrent à nouveau en relation.

Orazio décrocha et Raponi reconnut ses accents de prédicateur.

— Ah, c'est toi ! De retour dans le monde des vivants ! Façon de parler, bien entendu.

Puis, sans attendre de réponse, il continua :

— Il faut qu'on se voie, on a beaucoup de choses à se dire. T'as vu cette saloperie de guerre du Golfe ? Ces pauvres Irakiens faits et défaits au gré du grand Occident !

Des éclats de voix parvenaient aux oreilles de Claudio. Orazio était certainement en train de refaire le monde avec quelques comparses.

— Écoute, reprit Pagani d'une voix ennuyée, je suis occupé pour l'instant, qu'est-ce qu'on fait, on se donne rendez-vous ou tu rappelles plus tard ?

— On se voit après-demain à quatre heures. Ciao.

Il raccrocha avant que l'autre entame un discours. Il rentra chez lui pour se confectionner un café, puis coucha quelques notes destinées à la rédaction du reportage.

Paris est une ville en guerre, prête à la délation/On soupçonne, on épie le voisin/On dénonce le moindre geste suspect/Tous les crimes militaro-policiers sont permis/afin que le Français moyen puisse se sentir en sécurité/Les maniaques de l'autodéfense ont le doigt sur la gâchette…

Il ouvrirait le feu en utilisant le texte d'une chanson du groupe rap SLEO. Il était convaincu qu'au-delà des multiples étiquettes d'un mouvement hip hop façonné sur pièces pour l'intégration, on trouvait là l'esprit véritable de la dernière génération rebelle.

9

Les Deux-Magots, sur le boulevard Saint-Germain. Enfermé dans les toilettes, l'unique endroit où il pouvait s'accorder quelques instants de repos, Brunel Fred, inspecteur de police de son état, compulsait son petit calepin, totalement désappointé. Du vent, rien que du vent. Un fouillis de notes d'où il ne filtrait aucun nom, surtout pas celui de Claudio Raponi. Lorand l'avait collé aux basques de Bob Casarin, depuis une semaine. D'après le commissaire, le blondinet représentait un maillon inévitable, dans l'hypothèse où Raponi passerait à l'action. Brunel était resté dans l'ombre de l'Italien, mais les activités de Casarin s'approchaient plus de l'informatique que du terrorisme. Au téléphone, il ne parlait que programmes et logiciels et son courrier était bourré de disquettes apparemment liées à ses activités journalistiques. Les seules rencontres clandestines qu'il organisait le menaient vers quelques filles et bars plutôt luxueux.

À l'instant même, il était attablé au Café de Flore, juste en face, en compagnie d'une brunette qui semblait lui donner du fil à retordre. Quant à Claudio Raponi…

— Si on est sûr qu'il manigance quelque chose, avait suggéré Brunel, pourquoi pas le coincer tout de suite ?

Gagné par l'enthousiasme, il avait même ajouté quelques mots au sujet d'une arme « marquée » qu'on aurait pu introduire discrètement… Lorand l'avait fixé avec une expression navrée.

Brunel venait de la Brigade Criminelle où il avait pratiqué des méthodes parfois expéditives mais la plupart du temps efficaces. Méthodes que le commissaire n'admettait pourtant pas. Et Brunel devait donc tenir la chandelle à Casarin pendant que l'Italien s'envoyait en l'air avec ses copines.

Quant à Lorand, il avait maille à partir avec un groupe d'intégristes islamiques, une poignée de fanatiques qui avaient pour objectif les intérêts égyptiens en France, en riposte à l'alliance Le Caire-Washington contre Saddam Hussein. Ils étaient dangereux, une bande de chiens enragés échappant à tout contrôle. Par chance, dans cette même période, l'OLP menait un combat uniquement diplomatique, en vue d'obtenir de l'ONU un compromis au Moyen-Orient. De toute évidence, Lorand ne mettait pas les amis de Raponi dans le même sac que les terroristes islamiques. Pourtant, depuis qu'en Allemagne, la RAF semblait renaître de ses cendres, il préférait ne pas perdre de vue un certain nombre de têtes brûlées. En outre, l'attitude de Claudio Raponi lui semblait suspecte. Pourquoi avoir ainsi délaissé un exil doré au Mexique pour revenir en France ?

Le commissaire Lorand s'interrogeait d'autant plus qu'il avait reçu dernièrement, d'une source absolument fiable, des informations concernant l'existence de certaines « Cellules Révolutionnaires » constituées d'anciens terroristes italiens, allemands et de résidus de la défunte Action Directe. Le groupe avait revendiqué l'attentat contre l'ambassade des États-Unis à Bonn…

Lorand observait les cafards qui transitaient par une fissure dans le mur. Il était épuisé, assailli par les migraines et le travail en retard. Il jeta un dernier regard au dossier Raponi, ses déplacements, ses horaires, ses contacts. Une vie normale, en apparence. C'était un rusé, Raponi, il avait probablement mis au jour les soins dont il était l'objet.

Il lui fallait un café. Il se leva pour aller jusqu'au distributeur automatique et la radio se mit à cracher.

— Barbara 4 à Barbara 1.

— Barbara 1 1, j'écoute.

— Il vient juste de rentrer avec un sac à provisions. Il n'a pas l'air de vouloir ressortir avant demain. Qu'est-ce qu'on fait ?

— Comment, qu'est-ce qu'on fait ? Vous restez sur place et vous prévenez les autres pour le relais.

— Qu'est-ce qu'il a fait comme courses ?

— De la bouffe et de la papeterie.

— O.K. Terminé.

Au même moment, Claudio Raponi venait d'offrir son aide à Domingo Texieras pour déplacer une énorme jarre en terre cuite à l'intérieur de laquelle végétait un palmier. Il avait posé le sac en plastique du supermarché sous les boîtes à lettres et effectuait de bon cœur le plus gros du travail. Il expliqua au concierge que, de temps en temps, l'effort physique lui apportait un réconfort.

— Je passe souvent des journées entières à gribouiller des dizaines de pages. Là, par exemple, je vais en avoir pour au moins deux jours.

Domingo l'assura de toute sa compassion et porta le sac jusqu'à l'ascenseur. Depuis longtemps, Raponi avait constaté que pour rassurer son prochain et en gagner l'estime, il fallait faire preuve de masochisme et d'une connerie bien dosée.

Cuisiner lui coupait l'appétit, surtout le soir. Il dîna à contrecœur d'une salade grecque arrosée de Beaujolais. Des images du passé, parfois récent, parfois lointain, se chevauchaient derrière son crâne, sans aucune relation logique. Il avait réussi à recomposer le visage de son père, ce vieil homme ayant survécu au cancer et aux humiliations de la police avec le seul espoir de revoir son fils avant la fin et qui était mort après s'être fait lire la dernière lettre que Claudio lui avait écrite. C'était la vision d'un sourire dans un visage fatigué, d'un regard soutenu. Son père avait été plus courageux que lui, même s'il n'avait pas joué à la révolution ni lu Marcuse. Il fit un effort pour éloigner ces pensées, alla choisir une cassette. Bruce Springsteen, *Born in USA*. Il aurait voulu que son esprit s'assoupisse loin des combats, que le fracas des armes s'éloigne à jamais. Ce n'était qu'un moment fugace, il savait qu'on n'échappait pas au réel.

Il enfila un survêtement bleu, une paire de tennis et une casquette de base-ball. Dans une sacoche, il fourra une chemise, un pull-over, un jean, une veste et des gants. Il ouvrit la boîte à outils, prit un tournevis, une clé à bougies, un rouleau de fil électrique, une paire de ciseaux et ajouta le rouleau d'adhésif bleu et le flacon de laque pour cheveux qu'il avait acheté dans l'après-midi. Après une ultime vérification, il fit quelques pas sur le balcon. Vingt-heures quarante-cinq. Le peuple dînait. Il laissa la lumière allumée, la radio à faible volume et décrocha le téléphone. L'ascenseur le déposa au parking souterrain et il rejoignit la porte qui communiquait avec le jardin intérieur. Il traversa la pelouse, escalada le mur et, d'un pas rapide, entra par l'arrière dans l'immeuble d'en face. Il déboucha dans la rue Jeanne-d'Arc qu'il remonta jusqu'à la rue de Tolbiac, arrêta un taxi et se fit conduire place de la Nation. Il entra dans une sanisette et changea de vêtements. Il connaissait bien le quartier pour avoir jadis habité dans les parages. Il enfila le boulevard Voltaire jusqu'à un hôtel du même nom. Sous le nom de Patrick Dumas, il loua pour 300 francs une chambre qui n'en valait pas la moitié.

La rue Guenot était une voie sombre et malodorante qui donnait sur le boulevard. De vieux immeubles promis à la démolition où s'entassaient des milliers de familles antillaises, sous la menace constante de l'expulsion. À 9 h 25, Raponi se trouvait à l'angle du boulevard ; il ramassa un petit caillou et se l'enfila dans la chaussure. Boitant légèrement, il remonta la rue entre les containers à ordures. Les tags déchiraient les murs de leurs couleurs stridentes, grimaces des masques yoruba et serpents à plumes. Raponi s'arrêta un instant pour admirer ce cocktail d'Afrique et d'Amérique Latine qui fleurissait sur les ruines de Paris. Limone lui avait parlé d'une Renault 5 bleu métallisé. Il ne la voyait nulle part et explora discrètement les rues voisines. Il la découvrit en revenant sur ses pas, abandonnée sur un stationnement interdit. Le moteur était encore chaud. Sur la lunette arrière, il aperçut la casquette du maton. Le lendemain matin à neuf heures, Paulié reprendrait le chemin de la prison, pour assurer le service de jour jusqu'à dix heures du soir, mais Raponi ne pouvait pas savoir s'il grimperait seul dans sa voiture. Il releva le numéro d'immatriculation et s'en alla. Avant d'arriver à l'hôtel, il ôta le caillou dans sa chaussure. Il prit une douche très chaude, alluma la télévision et s'endormit immédiatement.

Le lendemain, à midi, il quitta la chambre. Pour attendre la soirée, il songea à s'installer dans un parc, mais le ciel lui semblait trop incertain, alors il marcha vers le centre. Sur l'esplanade du Centre Beaubourg, des sosies de Mad Max bivouaquaient, l'air absent, au milieu de touristes rassemblés autour d'un cracheur de feu. Un peu plus loin, un Américain faisait du bruit avec quelques instruments indiens.

De la terrasse, il admira le panorama sur la ville ; à la cafétéria, il absorba un sandwich et deux bières à la pression. Pendant deux heures, il écouta les premiers succès de Stevie Wonder dans la salle de musique puis le reste de la journée s'écoula entre une exposition et l'autre. À dix-neuf heures trente, il grimpait dans une rame de RER qui desservait La Croix-de-Berny, la station la plus proche de la prison de Fresnes.

Le parking intérieur de la Maison d'Arrêt était réservé aux cadres de l'établissement, donc Firmin Paulié devait inévitablement abandonner son véhicule dans une des voies adjacentes. Raponi s'enfonça la casquette de base-ball jusqu'aux oreilles. Il se mit à passer systématiquement en revue les alentours de la prison. Il avait déjà exploré trois rues quand il aperçut une Renault bleu métallisé stationnée dans l'obscurité entre un camion et un tas de bouteilles vides. Il s'arrêta pour relacer une chaussure, en observant la rue et les fenêtres d'immeuble, puis s'approcha pour vérifier l'immatriculation.

Accroupi entre le camion et le pare-chocs avant, il ouvrit la sacoche et enfila les gants. Il introduisit le tournevis dans le mécanisme d'ouverture, pesa pour faire levier et le capot s'entrouvrit avec un claquement sec. Il laissa s'écouler une minute, immobile, puis passa le bras sous le capot pour dévisser une bougie. Il sectionna le câble du faisceau électrique, et le prolongea d'une épissure par celui qu'il avait apporté. Il le fit glisser à travers le moteur jusqu'au sol, et une fois récupéré le couvre-bougie, il put refermer le capot. Le fil électrique courut sous le châssis jusqu'à l'aile arrière où affleurait le bouchon du réservoir d'essence. Il vérifia le niveau du carburant, car il était indispensable que la bougie restât suspendue au sec de façon à provoquer l'étincelle au sein des vapeurs d'essence… Il exécuta une nouvelle épissure pour rebrancher le couvre-bougie et fixa l'ensemble à la bonne hauteur en bloquant le câble avec le bouchon de réservoir. Il ne lui restait plus qu'à dissimuler le passage du fil sur la carrosserie à l'aide de l'adhésif bleu.

À 21 h 30, il était de retour rue Jeanne-d'Arc. Il s'approcha de l'entrée de l'immeuble et vaporisa une giclée de laque pour cheveux sur le petit clavier du code d'ouverture de la porte. Il s'installa un peu plus loin devant un arrêt d'autobus et une vingtaine de minutes s'écoulèrent avant qu'un locataire entrât dans l'immeuble. Raponi se précipita pour venir relever les empreintes laissées sur le clavier. 0, 2, 7, A. Il passa en revue quelques combinaisons avant de trouver la bonne, et refit en sens inverse le parcours qui le ramenait dans son studio.

Il ne se sentait ni satisfait, ni déprimé, simplement confiné dans sa propre peau, dont la valeur, il le savait, restait suspendue aux événements. Il fit un café, fuma deux Camel, puis composa le numéro de Didier Silberfeld, le directeur de la revue qui l'employait.

— Salut ! Écoute, j'ai achevé le texte sur le mouvement hip hop.

— Déjà fini !

— J'y ai travaillé toute la journée et ça me semble au point. C'est à toi de voir. Tu le veux pour quand ?

— Le plus vite possible ! On se voit demain matin au même endroit que d'habitude ?

Ensuite, il se prépara un Jack Daniel's, se déshabilla, mit un pied dans la baignoire et à cet instant, il eut la conscience d'un travail inachevé. Il retourna dans le salon, et entreprit de vider la sacoche. Il rangea les outils, jeta le survêtement dans la machine à laver, puis découpa aux ciseaux la casquette de base-ball, le rouleau adhésif et un reste de câble électrique. Il versa les débris dans les W.-C. et tira la chasse plusieurs fois de suite. Il nettoya soigneusement les semelles des tennis avec une brosse à dents. Alors seulement, il retourna à la salle de bains.

Radhia l'attendait à dix heures et demie. Claudio venait de téléphoner, et elle avait répondu que la bouteille de Mascara était encore intacte. À l'aide d'un peigne, elle tira ses cheveux mouillés en arrière pour mettre de l'ordre dans ses boucles noires, puis à l'aide d'un ruban, les rassembla en queue-de-cheval. Elle s'assit sur le bord du lit pour enfiler une paire de bas. Elle s'agitait continuellement, Claudio la rendait nerveuse, qu'est-ce qu'il croyait, qu'elle devait être à sa disposition ?

Elle arrangea le couvre-lit blanc et s'examina dans le miroir. Les relations avec Claudio ne se limitaient pourtant pas au sexe, elle pouvait s'ouvrir à lui de ses frustrations d'institutrice, de ses activités politiques avec les associations regroupant exclus et marginaux ; et même de son désir d'avoir un enfant.

Radhia traversa la chambre, avec pour tout vêtement une serviette autour de la taille. Claudio, les mains croisées derrière la nuque, observait fixement la fenêtre. Elle repoussa la masse de ses cheveux d'un coup de tête.

— Tu es réveillé ?

— Bien sûr, répondit-il, maussade, avec le vacarme que tu as fait... Je plaisante, hein... On m'attend pour dix heures, il faut que je me lève.

Il la regarda enfiler son slip. Elle avait un corps ferme pour ses trente-cinq ans, en dépit d'une tendance à épaissir de la taille, des hanches puissantes plantées un peu trop haut. Il eut envie de s'habiller et de partir, mais se traita d'idiot et glissa contre Radhia pour lui caresser les seins. Elle ferma les yeux à moitié, demeura immobile pendant quelques secondes, puis se détourna brusquement vers l'armoire. En tortu-rant les boutons de sa chemise, elle murmura :

— Tu sais, parfois j'aimerais trouver quelqu'un quand je rentre chez moi.

Elle lui jeta un regard fugace, puis baissa les yeux au sol.

— En bref, j'en ai marre de jouer les femmes libérées et seules, surtout seules, fit-elle sur un ton irrité... Tu veux que je fasse un café ?

— Tu es gentille, répondit Claudio, sans effacer le petit sourire qui agaçait Radhia, mais aujourd'hui je suis plutôt porté sur le couscous mouton. Ne me dis pas qu'il n'est pas encore prêt !

Elle lui tourna le dos et continua à s'habiller en silence. Blessée. Elle craqua un peu plus tard, quand elle le vit passer sous sa fenêtre, sur le trottoir d'en bas. Elle saisit un gros livre et le lui jeta à la tête. Il eut l'instinct de parer du bras et malgré la douleur lui adressa un dernier sourire.

Il avait dix minutes d'avance en entrant dans le bar. On consommait hâtivement au comptoir dans un va-et-vient ininterrompu. Un couple entre deux âges vint s'attabler, le plus loin possible par rapport à lui. L'homme commanda un thé et la femme un café au lait avec une part de tarte. Raponi les observait distraitement.

— Lorand doit être à court de personnel, songea-t-il, amusé.

Didier Silberfeld arriva en soufflant, en compagnie d'une jeune femme de l'espèce amie-maîtresse-secrétaire. Il posa sur la table un sac et un journal. L'attentat qui avait coûté la vie au gardien de prison figurait en première page. Le regard de Raponi ne fit que glisser sur la photo avant de remonter sur le couple.

— Comment vas-tu ? fit Silberfeld d'une voix mielleuse. Je suis vraiment navré de tout ce temps perdu derrière les barreaux, j'avais de grands projets pour toi.

Il se tourna vers la fille.

— Alors, ce coup de fil, c'est encore moi qui dois m'en charger ?

Elle se leva et il vint derrière elle en débitant un flot de recommandations. Ils se déplaçaient par saccades et dans leurs visages d'une pâleur mortelle, aux narines enflammées, leurs pupilles semblaient sur le point d'exploser d'une seconde à l'autre. Silberfeld revint s'asseoir en bousculant au passage le serveur chargé d'un plateau de boissons.

— Donc… Où en étions-nous ? Ah, à propos de ton reportage, eh bien, tu n'as pas traîné. Si le texte est aussi bon que les photos, il ne devrait pas y avoir de problème.

Il ouvrit et referma trois fois la chemise cartonnée sans même jeter un coup d'œil à son contenu. La fille revint et ils entamèrent une nouvelle polémique. De l'autre côté de la salle, le couple entre deux âges avait sorti toutes les antennes, au point de pouvoir probablement capter les reniflements répétés que les amis de Raponi dissimulaient par d'insolites contractions nerveuses… Il tenta d'imaginer quel genre de rapport ces deux-là iraient concocter et ne put réprimer un franc sourire. Le journaliste, qui s'était lancé à mots perdus dans « l'importance de la littérature de Victor Serge dans le processus Glasnost-Perestroïka », s'arrêta d'un bloc et ajouta gravement :

— En ce qui concerne les modalités de paiement, on ne peut pas envisager la question dans l'immédiat. On verra la place qu'on peut donner à ton reportage. De toute façon, le chèque arrive trois mois après la publication, tu connais…

— Pas de problème. Je voudrais simplement que vous passiez cette photo.

En ouvrant le dossier, il montra un cliché, un large mur de brique rouge orné d'un graffiti au pochoir : « Nous sommes si jeunes, nous ne pouvons pas attendre ».

Le couple recommença à discuter et Claudio en profita pour disparaître. Il voulut marcher avant de s'engouffrer dans le métro. Il avait besoin de réfléchir et même les sbires qui lui collaient aux trousses n'auraient pu l'en distraire.

Firmin Paulié avait achevé son parcours de pauvre nègre. Deux cent mille francs, plus l'assurance, une belle somme. À présent la famille pourrait accéder au statut de Français à part entière…

Au moment où il entrait dans son immeuble, il aperçut le concierge, l'air agité, suivi de trois hommes dont l'allure ne laissait planer aucun doute. Ils montrèrent très vite leurs cartes et suivirent Raponi dans l'ascenseur. Sur le palier, deux autres policiers attendaient. L'un d'eux, un attaché-case sous le bras, exhiba un mandat de perquisition.

À l'intérieur du studio, ils passèrent à l'action avec une certaine fébrilité. L'homme à l'attaché-case s'était installé sur une chaise au milieu de la pièce et prenait des notes. Parfois, il montrait quelque recoin demeuré inexploré, sans perdre de vue le locataire qui se préparait un café, une expression d'indifférence et de résignation sur le visage. Ils examinèrent les photos et les nombreuses notes de travail avec une attention particulière. Un des flics se mit à vider la terre des pots de fleurs et fit un sourire à Claudio après avoir brisé une jarre. Pour conclure, ils emportèrent des feuillets annotés, deux agendas, un livre sur l'histoire de la justice en France et la machine à écrire.

— Signez là, je vous prie, monsieur Raponi. Il va falloir nous suivre.

— Je suis en état d'arrestation ?

— Pas pour le moment. Il s'agit d'une simple formalité.

Dans le bureau du commissaire, la réunion prenait fin. Lorand avait provoqué une réunion générale pour faire le point sur la situation. Les frères musulmans étaient maintenant solidement encadrés et, au moindre faux pas, c'était l'arrestation et l'expulsion immédiate. Ensuite, il lut un fax du ministère de la Justice. Le Syndicat du Personnel Pénitentiaire avançait la menace d'une grève si la lumière n'était pas faite immédiatement sur la mort de leur collègue Paulié. On avait peur de représailles et de désordres à l'intérieur des prisons où la situation était déjà explosive. On demandait donc au docteur Lorand de trouver un remède au mal avant qu'il ne se transforme en épidémie.

Avec ses quarante-cinq ans révolus, il commençait à s'épaissir, le commissaire. Dans son visage aux joues bien remplies, les yeux bleus communiquaient à son interlocuteur les reflets d'une volonté sans faille. Il dévisageait Raponi en silence. Corinne Salmon entra, salua aimablement son supérieur et ensuite l'Italien avant de s'installer derrière une table près de la fenêtre d'où elle pouvait scruter le profil du suspect tout en ayant l'air de ranger ses papiers.

— Je suis désolé, commissaire, mais vos soldats ne m'ont pas laissé le temps d'acheter la bouteille.

Raponi s'efforçait de paraître ennuyé.

— De toute façon, il n'y a rien qui vous presse, n'est-ce pas ? Dites-moi, pourquoi vous intéressez-vous tant à moi ?

Le commissaire échangea un bref regard avec son adjointe. Il ouvrit un tiroir et en sortit une petite photo d'identité.

— Tu connais cet homme ?

Le portrait remontait au moins à une dizaine d'années. Firmin Paulié avait une tête de gamin.

— Je ne sais pas. Possible. C'est un visage assez commun. Pour moi, tous les Noirs se ressemblent.

— Tu n'as pas lu les journaux du matin ?

— Je n'ai pas eu le temps. À propos, qui a gagné le Grand Prix du Brésil ?

— Senna. Il y en a que pour les pédés. Tu as un alibi pour hier soir, entre huit et dix heures ?

— Non. J'étais chez moi, j'écrivais, je faisais du café, j'attrapais le cancer avec des cigarettes françaises.

— Le concierge dit qu'il ne t'a pas vu sortir. J'en serais vraiment persuadé que si j'avais passé la soirée avec toi !... Le maton qui a tiré sur Andrea Limone a été victime d'un attentat. Il est mort. Qu'est-ce que tu en dis ?

Raponi accusa le coup sans détourner les yeux. Il sentait l'attention soutenue dont il était l'objet de la part de la fille.

— Ce serait malhonnête de prétendre que j'ai des regrets pour le gardien. Je suis même plutôt satisfait d'avoir bien jugé Limone. J'étais persuadé qu'un gars comme lui pouvait compter sur ses amis. C'était un type bien.

— Écoute-moi, Claudio, j'en ai plein le cul de tes sales combines ! Tu veux toujours pas comprendre que t'es grillé à mort ! T'es au bout de la route, bordel ! Fini ! Alors tiens-toi peinard, sinon je t'écrase comme une merde !

À cet instant, quelqu'un entra dans le bureau, puis en découvrant Raponi, se dissimula le visage derrière les mains et ressortit en marche arrière. Une femme. Lorand reprit.

— Tes paperasses et ta machine à écrire restent à notre disposition dans le cadre de l'enquête. C'est tout.

Raponi se levait quand la fille demanda à brûle-pourpoint :

— Tu t'y connais en installations électriques, non ?

Il se retourna brusquement mais adoucit aussitôt son regard.

— Je suis même pas capable de changer les piles de la radio.

Il salua et sortit.

10

C'était sans conteste une femme surprenante. Elle semblait mettre un point d'honneur à renouveler constamment son image. Claudio ne l'ignorait pas, mais il se laissait pourtant surprendre et en éprouvait un remords qu'il ne parvenait pas à s'expliquer. La nuit précédente, il avait choisi de ne pas attacher une importance excessive à l'arrivée de Carmen. Il voulait l'accueillir, libre et détendu, mais il avait mal dormi, et ce matin, sur le quai de la gare, il tentait de deviner ce qui l'attendait. C'est elle qui l'avait aperçu en premier et son sourire ne ressemblait à aucun de ceux qu'il avait imaginés. Ils s'embrassèrent et la gare de Lyon fut un désert. Ils marchèrent d'un pas alerte et Claudio peinait à avancer, comme s'il escaladait une dune de sable. Soudain, elle s'arrêta.

— Mais tu te rends compte ? fit-elle en le regardant comme s'il avait pu disparaître d'un moment à l'autre, tu es là, tu y es arrivé !

Et lui, qui avait préparé tout un répertoire de réponses variées, ne put que faire :

– Eh oui !

– Vite, allons nous installer quelque part, mais pas dans la même brasserie que d'habitude !

Carmen s'imprégnait des senteurs de la ville, comme si Paris avait pu changer d'odeur. Ils flânèrent un peu et finirent par entrer dans la brasserie habituelle, la même table du fond. Ils se regardèrent en silence, tout était comme avant et différent en même temps. Ils rirent, d'un éclat commun. Le cœur de Claudio bondissait de joie sans qu'il sache exprimer le moindre sentiment, paralysé par la peur du ridicule. Il dévora sa lèvre inférieure et lâcha enfin dans un souffle :

– Je suis content. Tu ne peux pas savoir à quel point…

Du regard il embrassa Carmen et la brasserie surpeuplée, comme s'il s'était agi d'un tableau vivant.

– Ça semble incroyable que je m'en sois tiré aussi facilement, sans avoir été contraint de retourner ma veste et surtout sans avoir perdu la face. Je suis sorti, et, tu vas pas me croire, dans cet enfer, il y avait des moments où j'avais peur d'affronter toute cette liberté. Il a fallu que je fasse un effort monstrueux pour organiser une petite opération de rien du tout. Ça te fait rire ?

Elle le fixait intensément et il alluma une cigarette.

— Ne fais pas cette tête-là, à présent la seule mission décente qu'il me reste à accomplir sera de jouir de cette liberté le plus longtemps possible.

Leurs regards se noyèrent comme dans un gouffre au fond des tasses à café. Claudio se sentit aspiré dans un tourbillon d'images grotesques où le visage de Carmen se tordait en grimaces douloureuses. Il remonta rageusement à la surface, le café était tiède désormais. Il la caressa timidement des yeux, un visage blond de femme où la vie et la peur palpitaient avec force, et il fut écrasé de solitude, un être unique à la surface de la terre. Les mots étaient inutiles, chacun partageait les pensées de l'autre. Il serra les poings, et une excitation sexuelle qu'il parvenait difficilement à contenir l'envahit. Elle buvait son café en mouillant ses lèvres. Il empoigna sa valise et ils allèrent jusqu'à la station de taxis. Bob les attendait pour le déjeuner, mais ils seraient en retard au rendez-vous. Très en retard.

C'était un petit quartier adossé à la butte Montmartre et qui avait échappé miraculeusement à l'invasion maghrébine. Les immeubles aux façades vétustes mais élégantes étaient divisés en alvéoles par de minuscules appartements. Bob Casarin patientait sur le palier, et il les accueillit avec un sourire complice sans faire de commentaire sur l'heure tardive. Ils se trouvèrent donc à nouveau réunis à l'intérieur du deux-pièces. Les fenêtres donnaient sur une cour étroite et la lumière artificielle devait constamment suppléer celle du jour. Les murs nus évoquaient un repaire clandestin ou même l'austère demeure d'un prêtre excommunié. Carmen ouvrit ses bagages et sortit une collection de livres du même auteur, ce qui fit sourire Bob, puis elle exhiba une chemise bleu ciel à manches longues.

— J'espère qu'elle t'ira bien, dit-elle d'un air embarrassé. Tu aimes la couleur ?

Lui qui ne savait jamais que faire ou que dire quand il recevait un cadeau approuva d'un sourire. Il aurait voulu enfiler immédiatement la chemise pour lui faire plaisir et aussi pour faire oublier son tricot mangé aux mites, mais il ne résista pas à l'envie de demander :

— C'est un modèle unique ?

Elle acquiesça sèchement et prépara un apéritif. Ils avaient tous les trois grand besoin de parler, mais aucun ne prenait l'initiative. Claudio alluma une cigarette et souffla la fumée au plafond. Il ne voulait pas qu'elle mente, même pour un flirt, et il l'interrogea donc comme s'il connaissait déjà la réponse.

— Les flics semblaient s'intéresser énormément à la personne ou aux personnes que tu reçois. À la lumière des événements passés, j'ose espérer que tu domines la situation.

Sans détourner le regard, elle répondit d'un ton ferme :

— Il ne peut s'agir que de Tury et d'un autre ami qui passe de temps en temps. Ils n'ont rien à cacher, ni l'un ni l'autre.

Le commissaire Lorand en savait très long sur Carmen, beaucoup plus qu'il ne l'avait laissé paraître. Cependant, il n'avait pas tenté de pêcher en eaux troubles, contrairement à la police italienne, obsédée par le portrait d'un personnage ambigu, « une femme qui battait pavillon panaméen ».

Dans la pénombre de la pièce, Raponi l'observait, avec une pointe d'admiration. Était-elle vraiment aussi habile ou bien lui avait-on taillé sur mesure des habits d'intrigante ? Il n'y avait qu'une chose dont il était certain, c'est qu'elle était une superbe femelle.

Elle approcha sa chaise et se laissa glisser mollement sur les genoux de Claudio.

— Je savais qu'ils allaient t'arrêter, je le sentais, mais ça n'aurait servi à rien de te le dire.

Bob, absorbé à feuilleter un livre, leva à peine un sourcil avant de replonger dans sa lecture. Il ne perdait pas un mot de la conversation.

— Je ne comprends pas ce que tu as dans la tête. Tu ne te serais jamais livré, tu le savais, et alors tu t'es laissé prendre.

Les paroles de Carmen n'eurent pour écho qu'un long silence.

— Jusque-là, tu n'as pas tort, reprit Claudio. Mais il y a autre chose, et surtout il y a quelqu'un, quelqu'un qui est en train de préparer un sale coup. Personne ne me fera croire qu'un tel déploiement de forces ne servait qu'à mettre la main sur un pauvre fugitif disparu de la circulation depuis dix ans… Peut-être les flics pensaient-ils avoir effectué une grosse prise, quelque chose de beaucoup plus important ?…

Carmen ne réagit pas. Elle glissa jusqu'au sol et s'appuya des épaules contre le mur. Claudio était sur le point de continuer, mais il choisit de se taire, et il n'y eut qu'un pli amer sur ses lèvres.

— Tu saurais de qui il s'agit ? demanda-t-elle.

— J'ai une piste.

En fait, la piste louvoyait péniblement dans un brouillard qui n'allait qu'en s'épaississant. Parfois, il entrevoyait une lueur, très loin, de l'autre côté de l'Océan, tentant d'accrocher les fils de la logique aux trajectoires variées d'éléments qui convergeaient sur la même évidence, l'existence d'un provocateur au sein de la communauté des réfugiés italiens en France. Carmen, que les délires politico-policiers de Claudio laissaient indifférente et qui avait accompli de Rome un voyage d'amoureuse, jugeait l'affaire dénuée d'intérêt, sinon même carrément fastidieuse. Bob Casarin, qu'une ancienne amitié liait à Carmen, posait sur eux un œil inquiet, tentant de percevoir la trame surréaliste de cette relation qui semblait défier les lois de la logique. Il préférait prendre de l'altitude et, en survolant hésitations et incertitudes, ramener toute l'affaire aux jeux bien connus de l'amour et de la guerre. Pourtant, il restait troublé par les silences angoissés de Claudio.

11

Cinq chaises en osier, de style Vera Cruz, étaient disposées autour de la table. Le décor évoquait la salle de rédaction d'un journal au milieu d'un cyclone. Orazio Pagani, enveloppé dans son caban trop vaste et d'une couleur désormais indéfinissable, était sur le point de sortir. À sept heures et demie, il avait une entrevue avec un journaliste d'*Esquire*, à quelques mètres de chez lui, mais à huit heures, il était encore là, le téléphone au creux de l'épaule, repoussant un nouvel ultimatum de son éditeur en fouillant des deux mains au milieu des notes dispersées sur la table. Pourtant, les contretemps, les retards, le regard doux de Gina, la vieille chienne qui ne savait comment échapper au désordre permanent ne parvenaient pas à le distraire de ses méditations.

De son officiel repaire parisien, il continuait à entasser les fax du monde entier afin de tenir tête à tous les mandarins d'extrême gauche prompts à traîner dans la boue un parcours politique qui, faute d'avoir été victorieux, demeurait néanmoins honnête et cohérent. Peu soucieux de son style pesant, une sorte de mastication intellectuelle évoluant aux limites de la grammaire, il persistait à produire une quantité stupéfiante de documents imprimés qui restaient la plupart du temps lettre morte.

Orazio ne parvenait pas à contenir le tumulte des dix années passées, qui l'assaillaient comme un fleuve en rupture de digue. Avant de se retirer, il aurait voulu cueillir une certitude au milieu des flots, mais il ne savait où diriger ses regards. Pourtant, en dépit d'un abord confus, l'affaire présentait quelques aspects bien concrets. Cet après-midi, Claudio était venu le trouver. Il avait été heureux de le voir libre et soulagé des tensions de la clandestinité, mais le tourbillon de ses questions l'avait placé sur une orbite inattendue. Orazio connaissait assez peu Raponi, du moins pas suffisamment pour deviner ses réactions. Au cours des treize dernières années, il ne l'avait pas rencontré plus d'une dizaine de fois. D'abord à Milan, chez une amie, ensuite à Paris, à l'époque du sauve-qui-peut général et dernièrement juste avant son arrestation. On avait à maintes reprises évoqué le personnage en sa présence, avec des accents variés : fuyant, égoïste, batailleur, truand, généreux et anarchiste. Le regard menaçant de Raponi n'avait pas empêché Orazio de le pousser dans ses retranchements afin que l'autre lui livre le fin mot de l'histoire, et il s'était lui-même pris au jeu, échafaudant des hypothèses et cherchant des coïncidences suspectes.

La théorie de la taupe infiltrée restait valide aussi longtemps qu'on l'intégrait dans la trame d'un bon polar. Cependant, Raponi ne plaisantait absolument pas, et Orazio, en dépit de sa maîtrise du discours, s'était laissé proprement confondre par quelques arguments.

– Il faut reconnaître que son idée n'est pas aussi débile qu'elle en a l'air, pensait-il tandis qu'au téléphone l'éditeur exigeait le manuscrit pour le lendemain matin.

– Mais bien sûr, je t'enverrai les corrections par fax, lança-t-il, et à cet instant il eut conscience que les soupçons de Raponi étaient venus à bout de son scepticisme.

Il était huit heures et demie. Il constata le retard et fut parcouru d'un frémissement, puis il décréta que toute hâte était désormais inutile. Ils avaient l'habitude d'attendre. De la chambre lui parvint le froissement d'une page tournée d'un doigt nerveux. Une jeune nièce avait débarqué d'Italie, avec une valise bourrée de saucissons, de fromages et de chemises, et il l'avait totalement négligée. Pour une raison inconnue, il songea aux réfugiés kurdes.

La presse avait aussitôt établi un lien entre la récente tentative d'évasion et l'attentat contre le gardien de prison. L'enquête ne pouvait que s'orienter dans cette direction. On évoqua longuement le passé agité d'Andrea Limone, mais comme aucun élément nouveau n'apparut dans les jours suivants, la chronique s'éteignit en douceur. Le délit n'ayant pas une importance suffisante pour apparaître dans la presse étrangère, Carmen ignorait donc toute l'affaire. Bob, qui, lui, nourrissait quelques doutes, évita soigneusement toute allusion.

Ce soir-là, elle repartait pour Florence, et attablée devant le Forum des Halles, elle observait à la dérobée le visage de Claudio. Il avait subi les assauts d'une gastrite pernicieuse que même le Malox n'avait pu contenir et à présent il sirotait une tasse de thé avec une expression douloureuse. Une foule cosmopolite déambulait aux portes de la fourmilière post-atomique qui était le centre commercial le plus sinistre de la capitale. Carmen murmura entre ses dents :

— Une couche de béton, et ça suffit pour ensevelir le monde…

Les rides s'étaient atténuées sur le front de Claudio, signe que l'estomac lui accordait une trêve. Carmen aurait voulu parler, dire n'importe quoi. Elle regarda à nouveau sa montre, le temps filait à grande vitesse, comme ces quelques jours à Paris. Elle était persuadée de connaître ses pensées les plus secrètes, mais son visage l'inquiétait et elle essayait de trouver un sens caché à chacune de ses paroles.

— J'ai passé de bons moments, dit-elle, et je voudrais repartir avec ces souvenirs-là dans la tête.

— Moi aussi, j'aimerais, renvoya-t-il sans s'émouvoir.

— Tu vas continuer à jouer les détectives ?

— Parfaitement. Et pour une fois, je ne serai pas le gibier.

Son regard fut assombri d'un soupçon, mais il fixa son attention sur la fumée de cigarette.

— Ne parlons plus de ça. Je croyais que ça ne t'intéressait pas du tout… ou je me trompe ?

— Tu ne te trompes pas. C'est pour bien d'autres raisons que je suis venue ici, dit-elle en se mordant les lèvres.

Elle régla et il laissa le pourboire. Le trajet jusqu'à la gare était tragiquement bref.

12

Ce jour-là, Raponi avait continué d'ignorer les journaux. Il traversait une période pendant laquelle il ne pouvait supporter la rhétorique exhibitionniste du personnel politique. Et pourtant, personne ne traînerait jamais les mass media en justice pour trafic d'opium du peuple...

Quand Orazio Pagani l'appela, il dut subir sans réagir une tempête d'invectives destinées aux « ministres de la Camorra » et aux « journalistes prostitués » avant de comprendre que l'autre évoquait une déclaration du ministre de l'Intérieur italien au sujet du « vivier terroriste » des réfugiés transalpins en France.

— Ces salauds n'ont vraiment aucun scrupule, braillait Orazio, ils doivent encore se préparer à couvrir une saloperie d'extrême droite et alors ils cherchent à agiter l'épouvantail du terrorisme rouge !

Raponi regardait par la fenêtre. Il était las de ce ciel gris et trop nordique. Pagani continuait, insatiable.

— … et puisqu'ils me citent personnellement, je me sens autorisé à répondre coup pour coup.

— Est-ce que ça en vaut la peine ? Tu dois être habitué, non ?

— Mais… tu ne lis pas les journaux ?

— Non.

Un silence suivit.

— Cette fois, c'est différent. À présent, ils ont le culot de se référer aux affirmations d'une crapule comme Rosario Rizzuto. Un avocat. L'avocat qui représente les intérêts de la mafia italienne à Paris.

— Une minute. Qu'est-ce que la mafia vient faire dans nos histoires ?

— T'as suivi l'affaire Ruggero Verga, ce type arrêté en France et accusé de recycler l'argent sale ?

— Euh… j'ai pas fait attention.

— Qu'est-ce que tu fais chez toi, toute la journée ?

— Je cultive des piments de La Havane, du genre petits diables rouges.

— Je vois… Eh bien, au-delà de la botanique, il y a la zoologie et c'est là qu'entre en scène Rosario Rizzuto. Pour défendre son client, il prend à partie le gouvernement français suspecté de protéger une bande de terroristes italiens tandis qu'en même temps il persécute un honnête travailleur comme Ruggero Verga.

Claudio comprenait de moins en moins, mais n'osait pas poser de questions débiles.

— Tout à fait par hasard, pendant ce temps-là, les services italiens révèlent l'existence d'un plan de réorganisation du terrorisme au sein de la communauté des réfugiés, et, comme de bien entendu, c'est moi qui en serais le grand chef, tu vois le tableau ?

— Plus ou moins. Tu penses qu'il y a un rapport entre tout cela ?

— Tu crois encore au Père Noël ?

— Non, mais n'importe qui peut se déguiser… Et les flics français ?

— Pas de réaction jusqu'ici. Ils ont certainement une opinion sur la question.

Juste après que Claudio eut raccroché, le téléphone sonna à nouveau, mais il ne perçut qu'un déclic à l'autre bout du fil. Une erreur dans la salle des écoutes, certainement…

Pendant ce temps, le vent s'était levé et des nuages, à présent plus sombres, poursuivaient à toute vitesse leur route vers l'est. Parfois, un rayon de soleil éclairait le jardin en contrebas, où une bande d'oiseaux noirs échangeaient de furieux coups de bec. Ce n'étaient pas les mêmes oiseaux qu'au Mexique. Claudio alluma une cigarette et ferma à demi les yeux, à la recherche d'une vision lucide des événements passés. Il manquait quelque chose. Il manquait le dénominateur commun. Et il était clair qu'une fois de plus, il s'agissait d'argent. Argent sale, argent noir, en quantité suffisante pour motiver l'organisation de grandes manœuvres. Lesquelles, exactement ?

Raponi entreprit de parcourir la pièce de long en large. Il refusait de se laisser entraîner. Le rôle de limier à la poursuite du lièvre international pouvait s'avérer passionnante mais il s'y sentait un peu ridicule. La piste s'égarait au milieu d'un univers qui lui inspirait de la répulsion mais aussi une certaine peur. Mafia et politique. Quelques pigeons d'extrême gauche en guise de couverture, ce ne serait pas la première fois. Au moment opportun, il faudrait qu'il passe à l'action, et il savait pourtant que le contexte lui était pour le moins défavorable. Il avait besoin d'aide. Un complice qui n'aurait pas encore troqué les chaussures de course contre une paire de pantoufles.

Il était déjà sept heures du soir et Raponi n'était pas encore parvenu à prendre congé d'Orazio. Ils avaient fait le tour de la question, à plusieurs reprises, et Orazio déversait un flot intarissable d'injures sur la communauté internationale.

— Il voudrait que l'opinion publique se précipite au secours d'une bande d'ex-terroristes, victimes des turpitudes politico-mafieuses du gouvernement italien ! pensait Claudio, en essayant de franchir le seuil de la porte.

— Ils veulent nous contraindre à la violence, c'est ça qu'ils attendent, ces momies !

De toute évidence, la question obsédait Orazio depuis quelques jours, depuis que le ministre Ottaoturso avait lancé un pavé dans la mare aux grenouilles rouges, celles qui étaient en voie de disparition.

Quelle que soit sa tenue vestimentaire, Orazio Pagani conservait l'apparence d'un gauchiste surexcité. Il alignait les déclarations les plus contradictoires.

— Oui, ça va, j'ai compris, fit Raponi, épuisé, fais ce que tu veux, mais s'il faut aller au-delà des simples écritures, est-ce que je pourrai compter sur toi ?

— J'ai déjà mis un doigt dans l'engrenage, Claudio, je vais obtenir les coordonnées de l'avocat et de son client et dresser un inventaire de toutes nos relations avec toutes leurs allées et venues entre la France et l'Italie.

Raponi réussit finalement à lui serrer la main et à s'esquiver sur le palier.

Il s'aperçut qu'il pleuvait en arrivant à Montparnasse. Il se rendait au Bar de la Marine, à côté de la gare. Le moment était venu de retrouver Jacques Bovi, l'ancien compagnon de cellule. Ils avaient pressenti que Claudio serait empêtré dans les filets de la police et avaient donc mis au point un stratagème afin de reprendre contact.

La description des lieux était fidèle. Le comptoir en fer à cheval était surpeuplé, les murs couverts de labels de bières. Il s'installa à une table et commanda une Dos Equis. Il vida tranquillement son verre en consultant sa montre, comme s'il attendait quelqu'un. À la table voisine, une petite blonde aux yeux brillants subissait avec indifférence les assauts d'un yuppie ruiné qui voulait la séduire à moindres frais. Il attaquait la troisième Dos Equis quand il identifia son homme. Un plateau chargé de boissons dans chaque main et une petite liasse de tickets de caisse entre les dents, il circulait entre les tables avec la maestria d'un danseur espagnol. Raponi attendit qu'il passât devant lui et attira son attention en montrant quelque chose sur la carte. Il murmura rapidement :

— Je suis l'ami de Chacroum. Mercredi à neuf heures.

— C'est une bière blanche qu'on boit avec du citron.

— Ah… merci.

Il termina son verre, traversa la salle en réprimant l'envie de fouiller des yeux la clientèle. Il avait cessé de pleuvoir et l'air était frais et humide. Il n'eut pas à marcher longtemps pour trouver une épicerie arabe, de celles qui ferment tard le soir. Sans sourciller, il paya une bouteille de Jack Daniel's le double de son prix puis rentra directement chez lui. Au quatrième verre, il se sentit terriblement seul, avec le besoin pressant d'une présence féminine. Il décrocha le téléphone, puis renonça, et s'écroula sur le canapé. Au hasard, il prit une cassette et la glissa dans le lecteur. Au second morceau, il reconnut le Penguin Café Orchestra. Quelques jours plus tôt, Carmen avait affirmé qu'il s'agissait de leur groupe préféré, en 1985, à San Miguel de Allende. En dépit de ses efforts, il n'avait aucun souvenir de cette époque. Quand la silhouette de Carmen se profilait sur l'horizon mexicain, un brouillard confus et hostile se levait sur le passé. Dans ces moments-là, il avait le sentiment de la haïr. Il continua de boire en s'efforçant de dévier le cours de ses pensées. La plupart du temps, il y parvenait juste avant de sombrer à nouveau dans une tempête d'aventures entre Carmen et Tury. À la moitié de la bouteille, il trouva le sommeil réparateur.

Le lendemain, Bob se manifesta par un coup de fil. Il était question d'arroser le point final d'un ouvrage auquel tous les réfugiés avaient collaboré, sous la maîtrise d'œuvre de Pagani, qui s'était entièrement consacré à défaire chaque jour le travail de la veille. La fête avait lieu chez Laurie, qui avait souffert pour assurer la traduction de l'essai, intitulé *Une race en voie d'extinction*. Raponi tenta de se défiler, puis finit par céder à un besoin de loisirs qui commençait à lui gâcher le sommeil. Le rendez-vous était à 19 h 30. Connaissant les habitudes de la bande, il prit son temps et attendit neuf heures pour se présenter au dernier étage d'un immeuble du faubourg Montmartre, vêtu de jeans des pieds à la tête et pas rasé depuis deux jours. Une fille brune d'à peine vingt-cinq ans vint lui ouvrir, un visage insolite dans ce milieu. Une minijupe serrée couvrait à peine le haut d'une paire de cuisses à couper le souffle. Raponi demeurait immobile, le coude appuyé au montant de la porte. Son regard glissa sur le corps de la fille, jusqu'aux pieds et remonta lentement, avec une pause à l'intérieur des yeux noisette. Elle l'observait d'un air amusé. Il se secoua en sentant le poids de ses trente-sept ans, incongrus dans cette tenue trop débraillée…

À l'intérieur, un grenier aménagé avec des coussins et des posters, Laurie et Nando, assis à même le sol, étaient en proie à une crise de rire. Claudio avait déjà rencontré ces deux-là chez Orazio, une seule fois et très brièvement. Bob et les autres n'étaient toujours pas arrivés et, de toute évidence, Laurie n'avait aucun souvenir de lui, même si la présence d'un inconnu ne la troublait pas pour autant. La belle brune le fixa d'un air perplexe, puis tendit la main vers Nando.

— Tu me le passes ?

L'autre eut encore deux ou trois convulsions puis tendit le joint avec un geste à l'intention de Claudio. Laurie se leva et le salua d'un baiser sonore en pleine bouche. Elle parut à Claudio beaucoup plus attirante que lors de leur première rencontre.

— On était en train de rigoler au sujet de ce Pagani, fit la brune en toussant un nuage de fumée.

Claudio n'aimait pas que de simples relations s'en prennent à Orazio. La fille effectua une élégante volte-face et lui offrit le mégot. Il aurait préféré boire quelque chose, mais accepta, avec une désinvolture de fumeur invétéré.

— J'ai l'impression que les autres viendront pas, dit Nando en souriant sans retenue à la brune, Bob vient juste d'appeler. Il était vert de rage parce qu'à la dernière minute, Orazio a voulu faire encore une correction dans le manuscrit.

Et il éclata encore de rire. La fille s'approcha de la chaîne hi-fi puis se tourna vers Claudio pour lui demander de choisir la musique. Les reins cambrés et le geste enroulé du bras avaient la grâce d'une danse. Il se débarrassa du blouson, le jeta sur un coussin puis s'agenouilla devant le casier à disques. Il prit une pochette et posa la cire sur l'appareil. La voix de Jim Morrison retentit dans la pièce, menaçante. Nando et

Laurie se turent un instant, puis firent, presque en chœur :

— Très bon choix.

— Oui, même si maintenant il commence à dater un peu, dit la brune.

— Tu aimes la musique classique ?

— Beaucoup. D'ailleurs, je fais de la danse classique, répondit-elle d'un ton neutre.

— Alors, disons que Mozart date aussi, mais qui pourrait dire qu'il est dépassé ?

Elle sourit et Claudio réclama de l'alcool.

— Sers-toi, les bouteilles sont sur la table de la cuisine.

Il allait tomber dans la vodka aromatisée, quand il vit la bouteille de Cuervo. Un peu commercial, mais toujours mieux que la mixture nordique. Il se prépara un verre et attendit, appuyé à la table. La danseuse entra avec deux verres vides. Ses traits gagnaient dans l'harmonie la personnalité qui lui manquait. Il se déplaça pour qu'elle puisse passer.

— Qu'est-ce que tu bois ?

— Tequila.

— Doors et tequila. Il manque plus que le peyotl.

— Tu aimes les cocktails exotiques ?

— Je n'ai pas encore eu le plaisir d'essayer. Pour le moment, j'en suis restée au vin de Toscane.

— Sage décision.

— Tu fais aussi partie de ces drôles d'Italiens réfugiés à Paris ?

— Peut-être.

— C'est dingue. Quand on arrive ici, on a l'impression d'entrer dans la légende.

— Comment tu vois cela ?

— Les gens sont bizarres, ils parlent toujours d'une Italie... comme si c'était un autre pays que celui que je connais. Je savais qu'il s'était passé des choses dans les années 70, un mouvement armé, mais je pensais pas que quelque part, il y avait encore des... conséquences de tout ça. Votre histoire est incroyable, dommage qu'en Italie personne la connaisse.

— Tu es gentille, dit Claudio dont le front s'éclaira.

Elle versa trop de tequila dans les verres.

— Tu penses t'installer ici ?

— Il y a de bonnes écoles de danse.

Raponi l'observait, pensif. Elle montrait une telle innocence qu'elle en devenait humaine. Il l'aida à couper le citron et lui conseilla d'y ajouter du sel. Elle ne se décidait pas à quitter la cuisine. Il se mordait les lèvres comme pour ajouter encore quelque chose. Elle battit de ses longs cils et s'en alla en balançant délicatement les hanches.

Laurie roulait un autre joint. Nando, écroulé par terre, la fixait d'un air béat. La danseuse semblait partager le même malaise que Claudio, qui, conscient de l'impossibilité de faire l'amour avec elle, se résignait à laisser la nuit s'écouler ainsi.

L'aube était proche quand Orazio arriva enfin. Comme si de rien n'était, il annonça que la « grande œuvre » était achevée. Ils le regardaient, à moitié endormis, comme s'il s'agissait d'un fantôme. Orazio, d'un signe de tête, invita Claudio à le rejoindre dans la cuisine. L'œil était vitreux et le visage défait. Il lui tendit une feuille de cahier avec les adresses de l'avocat Rizzuto et de son client mafioso.

— C'était compliqué ?

— Il y a encore quelques personnes qui ont une dette envers moi. Cette fête, comment ça s'est passé ?

— Tu te rappelles qu'elle était en ton honneur ?

— Je sais, j'ai pas pu décoller plus tôt. Bob est furax ! Bon, faut que j'y aille, j'ai quelqu'un de la famille à la maison et j'ai pas encore eu le temps de lui parler.

Il s'enveloppa dans son pardessus et repartit en tanguant dangereusement.

13

Le mercredi matin, il s'était levé tôt et de bonne humeur. Il avait pu ainsi entamer la journée sans renoncer à ses petites habitudes. Il s'était offert un yaourt nature avant l'inévitable double express qui constituait pourtant un poison pour son estomac.

Le temps n'était pas particulièrement engageant, la température radoucie n'empêchait pas une grisaille permanente de tenir la ville sous un couvercle de basses pressions. Raponi avait rendez-vous à neuf heures avec Jacques Bovi et les conditions climatiques le laissaient indifférent.

Le centre commercial Galaxie était un de ces complexes à l'américaine où l'on entrait pour faire ressemeler ses chaussures et d'où l'on ressortait propriétaire d'un appartement sur la Côte d'Azur. Cependant, Raponi lui reconnaissait l'avantage de posséder un accès au sous-sol débouchant sur une deuxième issue à travers un labyrinthe de magasins. Il était familier des lieux, à moins d'un quart d'heure de chez lui. Par mesure de prudence, il était toutefois préférable de rassurer ses suiveurs à propos de ses déplacements immédiats. Il appela donc Bob.

— Salut, t'es bien matinal !

— Je pensais que, plus tard, tu ne serais pas chez toi, répondit Raponi en voulant être le moins convaincant possible. Écoute, je voulais te demander un service.

Il y eut un silence et Bob toussa d'une façon significative.

— Du moment qu'il ne s'agit pas d'argent !

— Je suis pas fou à ce point-là ! C'est au sujet d'un texte que je dois traduire, j'aurais eu besoin de ton aide. Dans le courant de la semaine, ça serait possible ?

— Ça va, je passerai chez toi vers onze heures.

— Parfait. En attendant, je vais faire quelques courses.

Il avait une demi-heure devant lui. Amplement suffisant pour effectuer le trajet à pied et dépister d'éventuels poursuivants. Dans son armoire, il trouva un blouson double face, rouge voyant d'un côté, bleu anonyme de l'autre, puis empocha une paire de lunettes à verres neutres. Il traversa la place d'une allure guillerette, sans un regard derrière lui, même lorsque, devant le kiosque à journaux, il lui sembla discerner une silhouette avec parapluie qui freinait brutalement devant la vitrine du pharmacien. Il marchait en feuilletant un quotidien et ne levait la tête que pour traverser la rue. Juste avant le boulevard, il tourna à droite dans une petite allée déserte. Sans jamais lever les yeux de son journal, il parcourut les trois quarts de l'allée. Soudain, il s'arrêta, regarda autour de lui et retourna sur ses pas en secouant la tête. Un homme sur les trente-cinq ans, blond, le nez aquilin et le visage très pâle venait vers lui à pas rapides. Il tenait un parapluie dans la main gauche. Raponi plia son journal, l'enfila dans la poche arrière de son pantalon et regagna le boulevard d'un pas rapide.

Place d'Italie, il descendit dans le métro. Il fit la queue au guichet pour acheter une carte hebdomadaire. Son homme stationnait devant une cabine téléphonique. Il s'engagea tranquillement dans un couloir et au premier virage se mit à courir à travers une marée humaine qui déferlait dans l'autre sens. Il bifurqua une nouvelle fois et, remontant les escaliers quatre à quatre, émergea à quelques encablures du centre commercial. Rapidement, il retourna le blouson, chaussa les fausses lunettes, puis alla se perdre dans la foule des galeries. Il accéda au deuxième étage en évitant l'escalator, traversa un supermarché et déboucha sur le parking de la terrasse. Il avait le cœur qui cognait, les lunettes embuées, et il ne vit pas immédiatement

Jacques qui, au volant d'une Peugeot 405, lui adressait un signe. Claudio avait à peine fermé la portière que la voiture décollait d'une secousse.

Ils se diluèrent rapidement dans la circulation. Jacques lui assena une bourrade sur l'épaule. Raponi n'appréciait que modérément ce type de familiarité, mais il sourit néanmoins. Il était dérouté par le changement d'aspect de Bovi. Veste croisée bleue, lunettes sombres, il ne reconnaissait pas son compagnon de cellule, le braqueur aux principes carrés qui avait partagé avec lui des moments difficiles. Ils ne parlaient pas, se contentant d'échanger des regards complices. Jacques s'arrêta devant le parc qui fait face à la Cité Universitaire. Ils descendirent et se serrèrent la main, chaleureusement. Ils traversèrent la rue pour aller s'enfouir dans la verdure. Tous deux respiraient les effluves du parc.

– Ce n'est plus le même air, mon pote !

Raponi s'esclaffa.

– J'allais le dire, rien à voir avec Fresnes !

– Tu peux le dire. Pourtant, maintenant que je suis là, le délire des grands espaces a disparu. Ce qui compte, c'est de savoir qu'il n'y a pas de limites.

Raponi regardait droit devant lui et se sentait heureux, empli du sentiment d'avoir acquis quelque chose d'authentique. Ils foulèrent longuement les pelouses fraîchement tondues. Pour la première fois depuis la sortie de prison, Raponi goûtait les joies d'une promenade à l'air libre, dégagée du sempiternel aller-retour… Il n'y avait pas de mots pour exprimer leurs pensées, la colère pour les compagnons emprisonnés. L'ignoble indifférence des promeneurs de chiens.

Ils s'installèrent sur un banc. Jacques lança un caillou qui aurait dû défoncer la tête d'un pigeon qui picorait trop près d'eux. Il manqua son but et le pigeon ne bougea même pas. Raponi secoua la tête.

— Le symbole de notre époque, ils ignorent la peur parce qu'ils n'ont aucun courage.

Jacques avait ôté ses lunettes et il y avait une lueur amusée dans les yeux bleus.

— T'es toujours aussi barjot, hein ? J'aurais parié que t'étais déjà dans la merde jusqu'au cou.

Il se passa la main dans les cheveux, châtain clair très courts, et continua.

— Attention, c'est pas que je refuse de te filer un coup de main, mais pourquoi tu vas te mouiller dans cette histoire à la con, avec des espions, la mafia et tous les fils de pute du même acabit ? Et qu'est-ce que t'espères trouver dans le bureau de l'avocat ? T'as toujours pas compris que le seul truc qui en vaille la peine, c'est de se mettre un très gros paquet de blé dans la fouille et de se tirer vite fait ?

Il y eut un long silence. Raponi ne savait pas ou ne voulait pas répondre. Il ignorait si une « visite » dans le bureau de l'avocat apporterait des éléments positifs, mais il se trouvait au point mort et c'était pour lui l'unique moyen d'avancer.

— Si tu comprends pas, inutile que je t'explique. Ce n'est pas seulement une question de principes. Si je ne trouve pas le salopard, il faudra que je me méfie de tout le monde, même de mon meilleur ami. Et dans cette éventualité, comment trouver des hommes et des moyens pour monter un gros coup ? Et puis… je crois qu'on a déjà trop parlé.

— On est d'accord, mais l'affaire est devenue un peu compliquée. Tu sais ce que ça veut dire, aller contre les intérêts de la mafia ?

Raponi le regarda, sans plus d'espoir.

— Je le sais.

Jacques sortit un stylo et une feuille de papier.

— Vas-y, raconte-moi tout, lâcha-t-il dans un soupir.

Le soleil était apparu à l'improviste et mettait les bouchées doubles, comme s'il avait voulu rattraper les jours perdus de l'arrière-saison. Raponi louvoyait entre les voitures sur le parking pour retourner dans le centre Galaxie.

Il entra dans un magasin de disques et s'aperçut qu'il portait encore les lunettes postiches. Il les glissa dans sa poche et remit le blouson à l'endroit. Il acheta un compact de Ozzy, *Bark at the moon*, et reprit le chemin de son appartement avec la pochette de plastique bien en évidence. Il traversa la place Jeanne-d'Arc et avant d'emprunter sa rue prit note de la Citroën grise avec deux personnes à bord qui stationnait en double file.

Il rentra chez lui vers onze heures. Il enleva ses chaussures, décapsula une Leffe et s'écroula sur le divan. Le compact qu'il avait acheté lui revint en mémoire et il glissa la disquette dans le lecteur. L'orgue attaqua « Forever », terrifiant. Ozzy s'inscrivait en suiveur de Black Sabbath et ses rythmes lucifériens. Avec un mépris total du voisinage, Claudio monta le volume, car on ne pouvait écouter une messe noire sous la contrainte des rapports sociaux. Il n'entendit pas immédiatement les coups de sonnette de Bob qui se boucha les oreilles en entrant. Amusé, Raponi augmenta encore le volume. À présent, les vitres entraient en résonance, martelées par la batterie. Finalement, il baissa le niveau.

— Quand est-ce que tu te conduiras en adulte ? demanda Bob.

— Pourquoi cela ?

— Pour éviter de me faire venir ici pour rien, par exemple.

Raponi écrabouilla son mégot dans le cendrier et le détailla de bas en haut.

— Tu avais l'air plus sympa avec les cheveux longs.

— Ouais… pour me faire repérer à un kilomètre… À propos, tu sais qu'il y a deux poulets installés dans ta rue ?

— Ils sont là pour me protéger. Contre les mecs comme toi. Ce matin, je les ai quand même un peu largués.

— Et cette histoire de traduction ?

— Fausse piste, je devais voir quelqu'un et je ne voulais pas alerter les flics.

Bob s'assit sur le bureau, observa le tas de feuilles blanches et la machine à écrire poussiéreuse.

— T'as pas une bière ?

Claudio alla prendre deux Leffe dans la cuisine et en tendit une à l'autre qui feuilletait un vieux Dashiell Hammett. Il retourna s'asseoir sur le divan, s'éclaircit la voix et lâcha d'un seul jet :

— J'ai organisé une petite perquisition chez cet avocat, Rizzuto. J'espère y découvrir quelques éléments intéressants, ou du moins faire un peu de lumière sur les relations de ce type.

Bob ne sourcilla pas. Il sirota sa bière en continuant à parcourir le roman.

— Tu sais, j'ai besoin de ton aide, continua Raponi sans se laisser décourager par l'indifférence de Bob.

Celui-ci reposa délicatement le livre.

— Orazio m'en avait touché deux mots et j'ai tout de suite compris que tu étais dans le coup. Mais je ne croyais pas que ça pouvait devenir sérieux. Fliqués comme on est, on va se faire ramasser dès qu'on bougera le petit doigt !

— J'ai quelques amis « tranquilles » prêts à collaborer avec nous. Nous devrons seulement coordonner l'ensemble et ils s'occuperont de la visite au bureau de l'avocat.

Bob se leva, commença à parcourir la pièce en tous sens puis éclata, le visage en feu.

— Bordel, on peut pas prendre une telle décision du jour au lendemain ! Si ça tourne mal, tous les réfugiés vont trinquer ! Il y a déjà ce connard de « Gros Cerveau » et toute sa bande de *dissociati*[1] qui nous accusent d'irresponsabilité !

Claudio ne répondit pas. Il mit un autre compact dans la platine et, aux premiers accords de Dave Brubeck, Bob se détendit et retourna s'asseoir. À part quelques rides, il avait peu

1. Au contraire du repenti qui constitue un phénomène de délation individuelle motivée par des mesures de réduction de peine, la « dissociation » est un acte collectif et politique reniant les comportements du passé et voulant déligitimer toute forme d'opposition radicale.

changé depuis toutes ces années. L'air renfrogné, il ne quitta pas Claudio des yeux, partit soudain d'un rire excessif qui fut coupé net.

– J'ai quelqu'un, une amie, pour faire la liaison entre nous et tes copains. S'ils vont trop loin, je retire mes billes immédiatement, c'est clair ?

– Parfait. Sans imprévu, l'affaire sera réglée dans un délai de deux à trois jours. Par mesure de prudence, je n'ai pris rendez-vous avec Jacques, l'ami dont je t'ai parlé, que dans une semaine. Le Thermomètre, place de la République à dix heures du matin. Il sera au comptoir avec *Le Nouvel Observateur*. Il faudra s'approcher de lui avec la même revue entre les mains.

– Mais si c'est toi qu'il attend, il va avoir des soupçons…

Un sourire vint aux lèvres de Claudio.

– Je savais que tu ne m'abandonnerais pas.

– Tu es un sale fumier. Arrête de boire de la bière, t'es en train de gonfler comme un crapaud.

14

Le regard du commissaire François Lorand demeurait fixé au plafond. Il avait mal aux pieds, mais n'avait pas pour autant enlevé ses chaussures, comme s'il craignait de devoir partir d'un moment à l'autre. Enfoui dans un fauteuil de cuir noir, il se retenait pour ne pas se servir un second whisky. Il avait décidé, au moins une fois par semaine, de réduire sa consommation d'alcool, le jour où sa fille lui rendait visite. À seize ans, Diane représentait l'unique souvenir d'un mariage éclaté en morceaux : brutalement et sans raison, sa femme Anna avait tout abandonné pour aller rejoindre une troupe de théâtre à Barcelone. Il en avait beaucoup souffert et depuis lors s'était consacré à leur enfant.

Diane était en train de lui repasser ses trois chemises haut de gamme, celles qu'il enfilait pour les réunions du ministère. Et lui s'absorbait dans l'observation de cette tache d'humidité au plafond, avec l'espoir de réprimer l'envie de retourner au bureau. Jusqu'au dimanche soir, il ne pouvait renoncer à sa fille. Ils avaient passé l'après-midi et une partie de la soirée à la Foire du Trône. Elle l'avait traîné sans se lasser à travers l'énorme Luna Park, l'obligeant à la suivre dans les entreprises les plus risquées. Ce n'est qu'à bord d'un engin qui lui sortit les tripes par les oreilles qu'il réussit à oublier le meurtre de l'avocat Rosario Rizzuto. Il avait son idée sur la question, mais aucun espoir de faire partager sa théorie par le préfet. Le sifflement du fer à vapeur dans la pièce voisine le ramena à son rôle de père. Il fut envahi d'un vague sentiment de culpabilité. Diane avait probablement noté son regard absent et devait sans doute s'attendre à ce que, d'un moment à l'autre, il trouvât un prétexte pour la raccompagner devant l'internat du collège. Il se leva et, par la porte entrouverte, observa sa fille aux prises avec une rébarbative chemise de lin. Elle remarqua sa présence et sourit d'un air embarrassé. En fait, elle était différente de sa mère, mais il n'aurait jamais osé le lui dire.

— J'ai presque fini, dit-elle avec un petit visage satisfait de femme d'intérieur. Pourquoi ne mets-tu pas un peu de musique, papa ?

— Très bonne idée. Que veux-tu écouter ?

Elle sembla réfléchir et conclut.

— Ce que tu veux.

Il s'orienta d'abord sur le jazz, puis changea d'avis et opta pour Bob Marley.

Ne prenons pas de risques, songea-t-il.

Diane identifia le morceau et s'amusa à provoquer son flic de père.

— Tu comprends les paroles ?

— Bien sûr, et alors ?

Elle ricana.

— Ben, ça ne te semble pas un peu subversif ?

— Ça me laisse froid. La musique me plaît, et puis si tous les rebelles étaient comme lui…

Pendant que la musique de Legend flottait dans l'air, Lorand revint à ses pensées.

Le cambriolage de l'avenue de l'Opéra l'avait pris au dépourvu. Quand il avait été prévenu par Mercier, un inspecteur principal de la Brigade Criminelle, qu'on avait découvert le corps de l'avocat, il était resté sans réaction. Corinne l'avait fixé d'un œil interrogateur.

— Nous y voilà, avait-il murmuré. Ils ont supprimé l'homme de la mafia.

Elle n'avait fait aucun commentaire. Elle avait simplement ajouté en faisant le tour de la pièce :

— Il faut se dépêcher d'aller sur place avant que le légiste ne foute tout en l'air.

La R25 se débattait dans les embouteillages du centre comme un animal en cage. Lorand regrettait de ne pas avoir de sirène. Ils accédèrent enfin à hauteur du 38 bis, un vieil immeuble à la façade pompeuse. Devant l'entrée, quatre agents maintenaient à distance une petite foule de curieux et de journalistes. Les luxueuses plaques de cuivre de quelques professions libérales laissaient deviner le montant des loyers. Ils montèrent au deuxième étage et durent une fois de plus exhiber leur carte des services spéciaux. Ils entrèrent dans une salle d'attente grande comme le hall d'un hôtel de luxe et Mercier vint à leur rencontre. Sur la moquette, épaisse comme un pré en jachère, les spécialistes de la mort effectuaient leur tâche en silence. Dans un petit salon attenant au bureau, le corps de Rosario Rizzuto gisait sur le côté au pied d'un fauteuil écarlate Louis XVI.

Le crâne chauve de l'ex-avocat brillait sous la lumière des projecteurs. Il semblait encore transpirer après la mort. Sur la tempe droite, le petit orifice rouge n'était pas plus visible qu'un furoncle écrasé. Les yeux exorbités amplifiaient l'expression porcine du visage.

— Il y a quelque chose qui ne colle pas. Regardez les poignets. Il y a des traces de ruban adhésif, et on a trouvé des débris du même adhésif dans le bureau à côté.

Lorand se pencha pour observer les poignets tandis que Mercier emmenait Corinne dans le bureau pour lui montrer les restes du ruban d'emballage marron.

— Il y a des marques sur les pieds de la chaise, fit-elle remarquer en revenant dans le petit salon, et puis le ruban est arraché et non coupé. Il a été ligoté là-bas et le corps se trouverait ici ?

L'inspecteur principal la regarda sournoisement.

— C'est précisément la question que je me posais. La mort a dû être instantanée, donc… quand ils lui ont tiré dessus, il avait déjà réussi à se libérer et en l'absence de traces de lutte il semble qu'il soit venu dans la pièce tout seul, comme un grand.

— Quelque chose a disparu ? demanda le commissaire sans quitter le cadavre des yeux.

— Coffre-fort mural vidé et nettoyé. Pas d'agendas, pas de relevés bancaires ni de choses comme ça. Un Renoir a été décroché puis abandonné sur le seuil. Pour le reste, il faudra attendre les conclusions de la préliminaire.

— Il y a des témoins ?

— Personne pour l'instant.

Un policier en uniforme entra, essoufflé, et vint murmurer une phrase à l'oreille de Mercier.

— Faites-la entrer dans la bibliothèque. On vient de trouver la secrétaire, vous voulez venir ?

Sofie Orban était une grande et belle femme. Cheveux noirs taillés au ras des épaules, un mètre soixante-quinze, tailleur en tweed gris, des bottes montant jusqu'aux genoux. Les yeux noirs et profonds suivaient le filet de fumée de la Muratti Ambassador qu'elle tenait dans la main gauche. Mercier lui indiqua une chaise. Elle le dévisagea distraitement, comme si l'affaire la laissait indifférente. Elle s'assit en croisant délicatement les jambes.

— Je pense qu'on vous a déjà appris ce qui s'était passé, dit Mercier en s'efforçant de soutenir le regard de la femme.

Lorand observait la rue au travers de la fenêtre tandis que Corinne s'était installée en face de Mercier, derrière la secrétaire qui attendait en silence la première question.

— Donc Madame…

— Mademoiselle, s'il vous plaît.

— Donc Mademoiselle, nous voudrions savoir si votre patron avait contracté un engagement particulier qui pourrait justifier sa présence au cabinet un samedi.

Elle répondit, sans perdre contenance :

— Pour autant que je sache, M. Rizzuto n'avait aucun rendez-vous. Son domaine n'était pas le pénal mais le droit administratif et, dans cette partie, il n'y a pas vraiment de jours de congé. En ce qui me concerne, je m'arrête le vendredi à 17 h et reprends le lundi matin à 9 h 30.

— Quelles affaires traitiez-vous en ce moment ?

— Les tarifs du cabinet sont supérieurs aux prix moyens, et par conséquent notre clientèle est rare et choisie. Actuellement, nous assurons la défense de la société SIGMA pour une inculpation de fraude fiscale. Mais... pourquoi ? On m'a parlé d'un simple cambriolage.

L'intonation n'avait pas échappé à Corinne qui échangea un coup d'œil avec Lorand. La secrétaire changea de position et croisa les jambes dans l'autre sens. L'homme de la Criminelle lui tendit un cendrier. Elle lança un regard en arrière et buta sur le sourire de Corinne. Alors seulement elle continua.

— Vendredi matin, M. Rizzuto avait encaissé 300 000 francs en liquide pour le compte d'un client. On m'a dit que le coffre-fort était vide. On assassine facilement dans cette ville...

— Eh oui, aujourd'hui on n'épargne même pas les avocats, fit Corinne en venant en face d'elle, et elle ajouta avec nonchalance :

— Vous n'êtes pas française. Depuis combien de temps travaillez-vous pour cet avocat ?

L'autre la toisa de la tête aux pieds.

— Je suis d'origine turque et je suis employée par M. Rizzuto depuis cinq ans, trois ans avant son installation à Paris.

Corinne retourna s'asseoir. Mercier se tourna vers Lorand qui, sans quitter son poste, s'adressa à la secrétaire.

— On pouvait entrer facilement dans vos bureaux ?

— L'avocat était très distrait. Il lui arrivait souvent d'ouvrir la porte avant de demander qui était là.

— Même le samedi soir ?

Elle le fixa d'un œil hostile et ne répondit pas. Le commissaire fit un signe et Corinne le suivit. Sur le seuil de la porte, il appela Mercier.

— Insistez particulièrement sur son emploi du temps des dernières quarante-huit heures. On se voit lundi.

Ils descendirent jusqu'à la voiture sans prononcer un mot. Lorand ne parvenait pas à fixer la moindre phrase dans le grouillement d'hypothèse sans suite qui lui traversait la tête.

— Je t'accompagne ?

— Je préfère marcher jusqu'au métro, fit-elle avec une esquisse de sourire. Embrasse Diane. Et… relax. On est sur la bonne piste.

Bob Marley chantait. Soul Rebel. Étendue sur le tapis, Diane parcourait une bande dessinée. Torpedo. Lui s'étira dans le fauteuil puis se leva d'un bond pour s'offrir un second verre. Il attendait une observation. Comme prévu, sa fille leva la tête ; elle parut d'abord déçue en voyant la bouteille de Scotch, sans glaçons, puis soupira.

— Évidemment, t'es convaincu que cette affaire représente le summum de ta carrière.

— Ouais, l'équilibre de la moitié du monde est entre mes mains.

Ils éclatèrent ensemble d'un rire fracassant.

Devant lui, une tasse de café sale. Même ce matin, il n'était pas parvenu à devancer Corinne. Pourtant, il s'était éveillé à l'aube, trop tôt pour aller au bureau et trop tard pour se rendormir. Par la porte ouverte sur le couloir, il observait les frénétiques allées et venues de ses collègues dont la perpétuelle agitation l'avait toujours laissé pantois. Il renonça finalement au premier café au parfum de chicorée et ouvrit le dossier jaune qu'on avait déposé sur sa table. À l'intérieur, il y avait des coupures de journaux photocopiées. Une interview de l'avocat Rosario Rizzuto à propos d'une procédure judiciaire concernant la SIGMA S. A. Le juriste condamnait les autorités françaises qui d'un côté accueillaient des terroristes rouges italiens faisant la pluie et le beau temps sur le territoire et de l'autre s'attaquaient à une transparente compagnie de production et distribution cinématographique coupable de favoriser l'action culturelle. Suivait un rapport du Service Central des Douanes sur les opérations financières prêtées à la société SIGMA et la personne d'un certain Ruggero Verga, gérant de la compagnie et suspecté de recycler l'argent sale de la drogue.

Pour conclure, un rapport d'écoutes téléphoniques avec Claudio Raponi et Orazio Pagani à chaque bout de la ligne. Ils semblaient tous deux intéressés par les déclarations du défunt avocat. Lorand se redressa sur sa chaise et posa les yeux sur les vitres jaunies par le tabac.

— À présent, tout le monde est là, murmura-t-il.

Il prit le chemin de la machine à café. Il l'avala d'un seul mouvement, comme on prend un médicament, et abandonna la tasse à côté de l'autre. Il resta assis pendant quelques minutes, pétrifié par l'imbroglio qu'il devait tirer au clair, jusqu'à ce que la saveur du café ait disparu de sa bouche. Son cerveau lui semblait aussi vide que les tasses. Il se secoua et alla chercher les rapports de filature. Raponi comme Pagani n'avaient rien fait qui puissent directement les compromettre dans le meurtre de l'avocat. Il s'y attendait, évidemment.

Il était sur le point d'appeler la Criminelle quand Corinne entra dans le bureau, toute fraîche.

— Bonjour. T'as passé un bon week-end ?

Il ne put s'empêcher de sourire. Il enviait la perpétuelle bonne humeur de sa subordonnée. Elle posa un tas de chemises cartonnées sur la table, prit la tasse pour aller la remplir. Il songeait qu'en dépit de ses manières de mère abusive, elle semblait délicieusement à l'aise et il était certain qu'il n'y avait pas d'homme dans sa vie. Quand elle revint, elle saisit la lueur de désir dans ses yeux mais ne détourna pas le regard comme elle l'avait fait à d'autres occasions. Un instant, il fut embarrassé, puis il étira un bras derrière sa nuque et s'en sortit avec une grimace.

— Tu as vu le dossier ?

— Ouais, fit-il avec une expression pensive. Tu penses vraiment que la bande à Pagani aurait participé à l'exécution ?

— Peut-être indirectement. Avec les éléments dont on dispose, on pourrait justifier les soupçons. Rizzuto lui-même avait sans doute des raisons particulières de citer les réfugiés italiens.

Elle finit son café et sortit dans le couloir pour aller nettoyer les tasses au lavabo, à cause des cafards. Lorand ouvrit la première des chemises apportées par Corinne. C'était un rapport contresigné par Mercier : « Découverte d'un double fond dans le dernier tiroir de droite du bureau de l'avocat. Un chèque de la Hong Kong Bank sur un compte numéroté pour la somme de 262 000 francs au nom de Rizzuto et daté du 8/06/91, le jour du meurtre. »

— Comme ça le rital avait un double fond secret, comme n'importe quel connard...

Corinne revint et posa la main sur la pile de dossiers.

— Devine un peu qui est titulaire du compte ?

Il releva la tête.

— Le ministère de l'Intérieur, lâcha-t-elle dans un souffle.

— Merde. Quel service ?

— Affaires Réservées. La piste s'arrête là, évidemment.

— Mais... qu'est-ce que ça veut dire, ça ! un chèque des Renseignements Généraux dans les mains de Rizzuto ?

Elle leva les yeux au plafond et il poursuivit sa lecture.

— Une page de cahier avec une nomenclature codée, une procuration bancaire autorisant Sofie Orban à recevoir des versements de la Hong Kong Bank pour le compte de la société SIGMA S. A. Un billet Air-Inter aller-retour Paris-Grenoble au nom de Sofie Orban... C'était vraiment une secrétaire de confiance. Qu'est-ce qu'elle était censée faire à Grenoble ?

— Eh bien... C'est l'endroit idéal pour passer des fonds en Suisse, par exemple.

— Oh... certes, bougonna-t-il et il enchaîna : dans un classeur, on a trouvé toute une collection de documents administratifs relatifs à la société SIGMA, et au milieu de tout cela une demande de permis d'importation de produits d'artisanat mexicain au bénéfice d'un nommé

Gianni Brasco… donc l'avocat de haut vol prenait également en charge des affaires beaucoup plus modestes. Importation d'artisanat mexicain, hein…

Corinne retira un dossier de la pile, approcha une chaise pour s'installer aux côtés du commissaire.

— On a une fiche Interpol concernant Gianni Brasco. Arrêté à Milan le 4 janvier 1979 pour importation et trafic de cocaïne. Remis entre les mains des cellules antiterroristes qui avaient un certain nombre de questions à lui poser, il se retrouve libre trois jours plus tard. L'ordre de relaxe est signé du major Ettore Santini.

Lorand se pencha pour parler, mais elle le fit taire de la main.

— Attends, ce n'est pas fini. Arrêté de nouveau à Tijuana le 16 mars 1987 par la Guardia Adunal mexicaine pour s'être introduit illégalement sur le territoire. Deux jours plus tard, il était extradé vers l'Europe et confié à la police italienne. Demande de transfert signée par le même major Ettore Santini.

Corinne se tut. Il prit la fiche de Gianni Brasco et fixa le vide devant lui. Ce n'est qu'après un long moment qu'il rompit le silence.

— Et la secrétaire, qu'est-elle devenue ?

— Pour l'instant, les types de Mercier la surveillent. Elle est rusée et elle doit forcément en savoir long, mais tôt ou tard, il faudra qu'elle établisse un contact.

Lorand approuva. Il fixait l'armoire comme s'il voulait y déchiffrer un dossier, mais il se leva pour aller jusqu'à la fenêtre. Elle le fit encore attendre avant de déclarer.

– Mon opinion est que nous avons besoin d'un supplément d'informations avant d'interroger les R. G. Au point où en sont les choses, on se ferait purement et simplement décharger de l'enquête…

C'était précisément ce qu'il désirait entendre, et il ajouta immédiatement :

– Alors, il faut que Mercier joue le jeu avec nous, et j'ai l'impression que c'est plutôt le genre parano.

Ils furent interrompus par l'arrivée de Brunel, une tasse de café et une cigarette dans la même main.

– Où est-ce que vous en êtes ? lui demanda aussitôt Lorand.

– Tout semble calme. Les ritals épluchent les journaux et d'après la Crime il paraît que Sofie Orban en fait autant. Par contre, ils ont trouvé des témoins.

Il sirota le café comme s'il en appréciait la saveur.

– Bon, il faut t'accoucher aux forceps ou quoi ? s'impatienta Lorand.

Brunel s'assit sur le bureau et prit son carnet dans sa poche.

— Sur le même palier que l'avocat, il y a le cabinet d'un psychiatre dont l'assistante a déclaré que Rizzuto avait reçu deux visites dans la journée du samedi. Elle est allée regarder dans l'œilleton parce qu'elle trouvait bizarre qu'il reçoive du monde ce jour-là. Première visite vers 17 h 30, trois types jeunes dont l'un portait un sac en toile bleu. Deuxième équipe deux heures plus tard, deux hommes vêtus élégamment. Elle ne pourrait identifier personne, la vision de l'œilleton ne le permet pas.

Il referma son carnet avant de le remettre soigneusement dans la poche intérieure de sa veste.

— Le cambriolage et le meurtre pourraient avoir une origine différente, lança le commissaire.

— Ça mettrait en place la dynamique des faits, souligna Corinne, et on pourrait expliquer toute l'histoire du ruban adhésif. Ce sont que des hypothèses, il vaut mieux y aller doucement.

— Ils travaillent sur la liste en code, reprit Brunel, ils pensent pouvoir trouver la clé en quelques heures.

Lorand se rassit et s'éclaircit la voix.

— Bon. Il faut renforcer les contrôles Barbara. C'est moi qui resterai en liaison avec

Mercier. En attendant, il me faudrait un rapport sur la période mexicaine de Raponi.

Il rassembla tous les dossiers et attendit que les deux autres déguerpissent.

15

La lumière était grise, trop grise pour un début juin. Raponi, absorbé, contemplait l'immeuble d'en face. Il ne pensait à rien d'autre qu'au meurtre de l'avocat, qui, la veille, était annoncé en première page de tous les quotidiens. Il ne pouvait comprendre ce qui s'était passé ni admettre que Jacques ait commis une telle erreur. À présent, l'affaire gagnait en complexité, mais la police ne tarderait pas à trouver la bonne piste. D'ailleurs, *Le Figaro* du lundi avait déjà titré : « Cambriolage ou règlement de comptes ? »

Raponi était soucieux et ne prêtait pas à Chick Corea l'attention qu'il méritait. La sonnerie du téléphone déchira d'un coup de rasoir le désordre de ses idées. Il regarda l'appareil et ne décrocha qu'au huitième appel.

— Raponi ? fit une voix autoritaire.

— De la part de qui ?

— Sœur Teresa, de Calcutta, et l'autre ajouta sur le même ton : aujourd'hui, je me sens seul, tu viens par tes propres moyens ou je t'envoie chercher ?

Il avala un peu de salive et s'efforça à la plus grande neutralité.

— Quand ?

Le commissaire adopta un ton plus mesuré.

— Ce n'est pas pressé. Juste le temps d'arriver à mon bureau.

Raponi demeura immobile, essayant de se concentrer à nouveau sur la musique. La contrebasse explorait une ligne nostalgique. Les accords, d'abord traînants, bondirent sous les rafales d'une flûte traversière et reprirent soudain vigueur dans un voluptueux corps à corps. Que pouvait bien vouloir Lorand ? Le meurtre de l'avocat était-il déjà transféré à la Section Antiterrorisme ? Il n'avait pas quitté son domicile et ils le savaient fort bien. Quant au gardien de prison, il avait agi seul et personne n'avait eu vent de ses intentions. En conséquence, l'affaire Firmin Paulié ne prendrait une tournure dangereuse que dans l'hypothèse où il aurait personnellement commis une erreur. Il estimait que ce n'était pas le cas. Il semblait d'ailleurs que la police ne déployait pas une grande énergie pour approfondir l'enquête et que l'hypothèse des tueurs venus du chaud pour venger la mort de Limone satisfasse tout le monde. Cependant, il n'était pas tranquille. Il décapsula une Leffe et examina la bouteille avant de la boire, en songeant qu'à Fresnes ou ailleurs, il pourrait difficilement se procurer la même.

Une heure plus tard, il se présentait au 36 quai des Orfèvres. Le flic de faction déchiffra longuement sa feuille de libération, le seul pseudo-document en sa possession. Un homme habillé en civil arriva en courant et fit entrer Raponi.

Pour la troisième fois, dans un laps de temps trop bref, il grimpait au quatrième étage jusqu'au bureau du commissaire François Lorand. Aujourd'hui, pourtant, on lui laissait l'illusion de pouvoir repartir librement. La porte était ouverte et Lorand l'attendait, les jambes croisées sur la table, comme un bon flic qui se respecte. Les murs étaient tapissés de médailles d'unités de police du monde entier.

— Là-haut, le dernier de ma collection, dit le commissaire en pointant l'index, l'insigne du SISMI.

— Compliments, fit Raponi, c'est presque mieux que les papillons.

— Les ailes de papillon finissent par pourrir, répondit l'autre en retirant ses pieds et en se calant sur la chaise.

Il faisait trop chaud, malgré la fenêtre ouverte.

Raponi enleva son imperméable, le plia sur le dossier de la chaise et resta debout. La lumière du jour éclairait la pièce sans aucun enthousiasme. Le commissaire semblait fatigué, d'un geste mesuré, il prit un journal et l'ouvrit devant lui. Le *Corriere della sera.* Claudio lut un titre : « L'avocat Rosario Rizzuto victime des Brigades Rouges à Paris ? » Il fit glisser son regard jusqu'à la signature de l'article et attendit.

— Qu'en penses-tu ? Tu connais l'auteur ?

— Son nom figure en toutes lettres, Franco Leopoldi.

— Ouais. Ex-membre de la loge P2, assure maintenant la défense de la très patriotique organisation Gladio. Ah l'Italie ! Je me demande si je vais y passer mes vacances, cette année... Et toi, tu n'as pas envie d'y retourner ?

Raponi sourit, les dents serrées, regarda la chaise, mais ne fut pas invité à s'asseoir. Il répondit :

— Non, merci, le soleil de la Méditerranée me brûle la peau, je préfère la côte atlantique.

— Je comprends. Pour parler sérieusement, j'ai su qu'un de tes amis, je parle des réfugiés, évidemment, avait reçu de la préfecture une lettre d'expulsion. Pour l'instant, tu n'es pas dans le coup, mais avec ta renommée, il ne serait pas surprenant qu'on te retrouve sur la liste...

Raponi se demandait où l'autre voulait en venir. Il dit, d'un air de défi.

— Vous oubliez que la justice française a prononcé un avis défavorable sur mon extradition !

— Certes, mais cela ne signifie pas qu'on t'accepte sur le territoire et, exception faite de l'Italie, tu pourrais être reconduit à n'importe quelle frontière. À ton avis, qu'est-ce qu'ils feront de toi, les Belges ou les Espagnols ?

Il ne répondit pas, mais l'autre avait fait mouche. Il serra les mâchoires en attendant la prochaine offensive.

— Tu te mets le doigt dans l'œil, Raponi. Tu te prends pour un caïd, n'est-ce pas ? Tu crois peut-être qu'on va te laisser continuer longtemps avec tes conneries de justice populaire ? Rappelle-toi que l'affaire de l'attentat contre le maton de Fresnes n'est pas terminée.

Le commissaire fit une pause en secouant la tête d'un air apitoyé. Raponi déplaçait le poids de son corps d'une jambe sur l'autre. En dépit de ses techniques de respiration, il ne parvenait pas à juguler l'angoisse qui montait en lui. Il aurait voulu trouver une repartie cinglante mais ses lèvres restaient soudées. Lorand se leva, prit un dossier dans une armoire, se rassit. En le fixant dans les yeux, il dit :

— Fais très attention, Raponi, tu es ou plutôt vous êtes en train de vous fourrer dans un sale merdier, et si vous imaginez pouvoir baiser à la fois la mafia et la police, alors là… Vous faites bien marrer tout le monde ! Tu sais qui a buté l'avocat ? Non, vous le savez pas, parce que vous êtes des nuls ! Une bande de ringards en train de chercher des emmerdements !

Il lui sembla que le monde s'était teinté de jaune, les meubles, les fenêtres, jusqu'au visage du commissaire qui était recouvert d'une patine. Il s'appuya sur le bord du bureau pour expirer profondément. Lorand ouvrit le dossier qu'il venait de prendre, puis, levant les yeux, lui fit signe de s'asseoir. Claudio se sentait petit et insignifiant. L'idée qu'un policier l'avait mis dans cet état, sans même avoir l'intention de l'accuser, cette idée-là lui était insupportable. Il aurait voulu partir, mais Lorand ne semblait pas partager cette opinion. Il fit un effort mental pour trouver une direction commune aux propos du flic, dont la voix interrompit ses recherches.

— Tu es à San Miguel de Allende jusqu'en 85. Apparemment, tout se passe bien, mais tu décides quand même de disparaître, suivi par tes inséparables Tury et Carmen. On perd vos traces et on vous retrouve à Managua en juillet 87, sous prétexte de Festival du Livre. Vous restez deux ans à Mexico où vous êtes employés par la rédaction d'une revue, et les inséparables reviennent au Nicaragua pour célébrer le dixième anniversaire de la révolution. Évidemment, le voyage est placé sous le signe d'une intense activité culturelle, mais mes amis italiens ne partagent pas tout à fait cette façon de voir les choses.

Lorand leva la tête et sourit ingénument. Il continua.

— Encore une année à Mexico. C'est une période assez agitée, avec une série de courts déplacements à caractère... touristique. Et là, brusque séparation des inséparables et retour imprévu de Claudio Raponi à Paris. Qu'est-ce que tu en penses ? conclut le commissaire sur le même ton.

— Assez précis, répondit-il sur un fil de voix, à part quelques détails. On dirait que vos copains flics italiens se sont donné du mal...

— Je trouve même qu'ils en ont fait beaucoup, si on considère qu'il y a tout un océan entre l'Europe et le Mexique. Tu ne crois pas ? insista Lorand avec un air presque amusé.

Il eut une réaction insolite. Il fixa d'abord le commissaire, un peu abasourdi, puis toute l'histoire lui parut tellement insensée qu'il fut secoué d'un rire intérieur, un rire incontrôlable et sans véritable fondement. Lorand appuya les coudes sur la table et posa le menton entre ses mains.

— Tu arrives en France pour une raison bien précise, puis tu laisses tomber et, quand tu es arrêté, on peut dire que tu as les mains propres. Tu n'es pas sûr de toi, tu ne sais pas quoi faire, ni quel lièvre il faut courir. Pourtant, tu as comme un pressentiment que ça ne tourne pas rond dans la petite bande des réfugiés : il y a des secrets qui s'échappent, des comportements étranges et tu aimerais y voir plus clair. Tu cherches quelque chose, mais j'ai peur que tu n'arrives pas vivant au bout de la route.

Raponi eut le sentiment que le commissaire cherchait lui aussi dans la même direction et il lui sembla soudain qu'il n'existait entre eux aucune différence fondamentale. Bien sûr, ils n'ouvraient pas le feu sur les mêmes cibles, mais en dépit de cet argument dérisoire, il sombrait dans une déchéance vertigineuse, face à ce policier immobile. Lui qui, à mesure que passaient les années, savait de moins en moins s'il y avait une finalité à sa vie, il avait eu besoin qu'un flic le lui révèle, en quelques minutes.

Et maintenant, c'était comme si aucun des deux ne savait plus pourquoi il se trouvait en face de l'autre. Lorand bougea sur sa chaise, fit un mouvement pour se lever, puis se rassit. L'irritation dépassée, comme les certitudes, son esprit était ailleurs et il dut faire un effort pour revenir dans le sujet.

— Disons que tes aventures mexicaines et les raisons qui t'ont conduit à revenir ici te regardent, O.K. ? Par contre, en ce qui concerne toute la merde que t'as réussi à remuer, là ça devient mon problème, c'est clair ?

Lorand le fixa avec une certaine perplexité, et il reprit :

— Le jeu est devenu dangereux. Dans la pêche en eaux troubles, ce ne sont pas des moralistes et des puristes dans votre genre qui pourront sortir le gros poisson... Pourquoi Rizzuto s'est-il attaqué aux réfugiés italiens ?

Raponi avait l'impression que l'homme qui était devant lui connaissait la réponse, mais il pouvait difficilement manœuvrer. Il décida de dire ce qu'il pensait.

— Cela fait longtemps qu'en Italie, la lutte contre le terrorisme est devenu un pur spectacle de masse. Pendant ce temps-là, derrière l'écran, ceux qui tirent les ficelles des marionnettes gèrent les affaires les plus dégueulasses, sans scrupules... La technique est éprouvée, le résultat garanti, alors pourquoi ne pas tenter la même chose en France... dans le cadre de la grande union européenne ?

Lorand conserva une expression neutre, mais ne put cependant maîtriser un signe d'assentiment. Il se mit debout, remonta son pantalon qui était descendu sous le ventre.

— Dégage, Raponi, et fais en sorte que je regrette pas de t'avoir laissé filer.

Il l'accompagnait déjà à la porte quand il revint sur ses pas et prit une carte de visite sur le bureau.

— S'il y a un gros problème, appelle-moi, mais ne dis rien au téléphone, nous aussi tu sais...

Raponi redescendit lentement les quatre étages.

La carte du commissaire lui brûlait les doigts. Près de la sortie, il y avait un container à ordures, il froissa le carton et le jeta à l'intérieur.

16

« Gros Cerveau » se pointa à l'heure précise, tout comme jadis, à l'époque des grandes luttes. Devant le porche, il rencontra Bob ainsi qu'un autre compagnon de la première heure, demeuré fidèle à la ponctualité du militant. À l'évidence, il ne reconnaissait pas Raponi ; quand Claudio n'était encore qu'un membre anonyme d'une organisation armée, Ercole Ercolin était déjà la grande attraction publique de la gauche extra-parlementaire. Ensuite, leurs routes s'étaient séparées avant de s'être rencontrées. Pourtant, entendant le nom de Raponi, il le salua avec une certaine chaleur.

— Je suis content que ton procès se soit bien terminé…

Il regarda autour de lui et ajouta en reprenant son ton neutre habituel.

— Il n'y a que nous ou bien les autres sont-ils déjà là-haut ?

Les autres commencèrent à arriver en nombre,

représentants d'organisations diverses, mais l'attention restait focalisée sur Ercolin. Raponi se tenait à l'écart et observait attentivement des visages connus ou inconnus. Parfois, il échangeait un salut avec une personne dont l'identité lui échappait totalement. Bob l'observait, amusé, en imaginant le film qu'il était en train de se projeter. Ils échangèrent un sourire entendu. Claudio montra Ercolin d'un mouvement de tête.

— Regarde-le, ce vieux renard, soixante ans bien sonnés et pas la moindre blessure visible. Je crois que Pagani a raison, il a pas fini de nous casser les couilles.

— Et pourtant, il n'a pas la gueule sournoise de l'opportuniste. À mon avis, il est assez dingue pour s'être construit une cohérence politique sur mesure.

— Sûr, et il est suffisamment costaud pour la faire avaler à toute une bande de pigeons, fit Raponi avec une grimace écœurée.

Sur le trottoir, l'attroupement enflait à vue d'œil et finalement, Orazio arriva à son tour. Pour l'occasion, il avait renoncé à ses couches de pull-overs et s'était même rasé. Immédiatement, certains, comme Nando, vinrent se joindre à lui et se rapprochèrent ensuite de Bob et Claudio. L'espoir de réunir tous les réfugiés italiens sous la même bannière s'était révélé douce illusion. Les deux factions campaient sur leurs positions. Pour Pagani et les siens, cette réunion représentait une perte de temps. Ils en avaient déjà longuement discuté pour arriver à la conclusion que l'initiative des « dissociati » de présenter au gouvernement une liste de tous les réfugiés afin de s'opposer collectivement aux menaces d'extradition n'était qu'une manœuvre de « Gros Cerveau » pour se refaire une virginité politique. En outre, cette initiative leur semblait ouvrir la voie à une dangereuse sélection entre « bons » et « mauvais ». Ils étaient donc venus avec une mentalité de saboteurs. Pagani, après avoir adressé un clin d'œil sarcastique à l'autre groupe, prit un air soucieux pour dire :

— Vous êtes au courant de l'histoire Rizzuto ? Ça risque de prendre un mauvais pli cette affaire…

— On veut jeter de l'huile sur le feu… On cherche à nous mettre le meurtre sur le dos…

La salle de réunions se trouvait au deuxième étage. Les sièges disposés en demi-cercle et la table des orateurs au centre firent sourire Raponi qui avait pris place aux côtés des siens. À leur gauche, le groupe bien fourni de « Gros Cerveau » refusait de se laisser battre en brèche par les réticences qu'exprimaient Pagani et Casarin à signer le document. Orazio ne put s'empêcher d'exécuter un numéro d'orateur :

— Qu'ils essaient donc de m'envoyer en Italie, vous verrez la patate bouillante qu'ils auront entre les mains !

Bob et Claudio n'avaient aucun intérêt à courir les mêmes risques qu'Orazio ; ils conservèrent un silence prudent au milieu des vociférations. Raponi observait un petit groupe qui s'était installé près de la porte, comme s'il se réservait la possibilité de partir d'un instant à l'autre.

— Quel est ce ramassis de cravates et de crânes chauves ? interrogea-t-il.

Bob eut une expression méprisante.

— Les « impresarios »... Ils ont un petit mandat de rien du tout aux fesses pour trois broutilles en Italie et ils profitent du statut de politique pour quémander des appuis auprès du gouvernement.

Raponi eut envie de vomir. Il baissa la tête et se mit à pétrir les muscles de ses jambes. Quelqu'un lui parlait et il acquiesça sans lever les yeux. Il ne se résignait pas à croire que le spectacle qu'il avait sous les yeux représentait le mouvement qui, à peine dix années plus tôt, avait voulu retourner l'Italie comme une chaussette ; visages blafards de gens uniquement soucieux de respirer en surface. Et lui aussi, il était là, comme tous les autres, même s'il avait le prétexte de la curiosité. Il ne se sentait ni pire ni meilleur, il avait honte et envie de disparaître, pour boire une bière au bar d'à côté. Il se leva d'un bloc mais buta sur le sourire de Pagani. Il resta, avec la consolation de ne pas être seul. La réunion tourna court sans déboucher sur un accord, tout à fait comme le souhaitaient Casarin et les autres. On quitta la salle par petits groupes pour rejoindre les pizzerias habituelles. Raponi prétexta une hostilité pour la pizza et quelques devoirs urgents. Bob saisit l'occasion au vol et ils s'éloignèrent en compagnie d'Orazio.

Les trois hommes marchèrent longtemps dans les rues du centre, silencieux. Ils traversèrent la place du Châtelet et Bob se décida.

— Il nous faudrait un coin tranquille pour discuter tous les trois.

— Chez moi, il y a de la place entre les assiettes sales, dit Orazio, et c'est tout près d'ici.

Raponi pouvait supposer que Casarin avait eu des nouvelles de Jacques Bovi, puisque le rendez-vous du « Thermomètre » remontait à la veille. Bob était renfrogné et il craignait qu'il ne se montre agressif, car il ne manquait jamais une occasion de mettre Claudio en difficulté. Une forme de jalousie qui avait toujours existé entre eux, sans pourtant jamais entamer la solidarité réciproque.

Il régnait une puanteur de friture dans la ruelle où habitait Pagani. Pour la seconde fois, Raponi eut envie de vomir.

— Bordel ! Je suis certain que la cafetière est quelque part dans le merdier, marmonnait Orazio dans la cuisine.

— Bon, laisse tomber ! hurla Bob, impatienté.

Raponi se déplaça pour venir en aide à Orazio. Le café dans la tasse, on s'aperçut qu'il n'y avait pas de sucre. On prononça un rapide « ça ne fait rien » pour boire ensuite en faisant la grimace. Bob était franchement contrarié, et dans ce cas-là, il choisissait toujours la pire des façons d'introduire le sujet.

Il jeta sur la table une liasse de billets de cinq cents francs.

— Cinquante mille balles. Notre part pour le meurtre de Rizzuto.

Claudio et Orazio fixaient les billets pendant que Bob tentait d'allumer une cigarette. Enfin, Orazio saisit la liasse, la soupesa et dit :

— Ma foi, c'est un beau petit paquet !

D'abord pris à contre-pied, Bob vit que Claudio allait éclater de rire et il feignit un désespoir total.

— Vous êtes deux fils de chiens, lâcha-t-il sans conviction.

La glace était rompue et Orazio commença :

— Un moment… Jusqu'ici on pensait que ce n'étaient pas vos copains qui avaient descendu l'avocat. Quelles sont les dernières nouvelles ?

— Jacques fait dire qu'il n'a rien à voir avec le meurtre et, avant que j'oublie, ajouta Bob à l'intention de Claudio, il voudrait te rencontrer…

— Pas recommandé, intervint Orazio, ce serait même plutôt risqué.

Raponi effectua quelques contorsions sur sa chaise, et fit, presque en criant :

— On verra plus tard ce qu'il faut faire, mais ce que je veux connaître, c'est le résultat de cette putain de perquisition !

Bob détestait le ton péremptoire de Claudio et il avait souvent été sur le point de lui dire son fait. Pourtant, une fois encore, il passa l'éponge et retira un rouleau de papier glissé dans le col de sa veste. Orazio allongeait le cou, jubilant, emporté par cette atmosphère de haute conspiration.

— Voilà une synthèse de tout ce qui pouvait nous intéresser dans le bureau de l'avocat. Jacques a détruit la quasi-totalité des originaux… à part quelques listes de noms et adresses qui ont été soigneusement mises à l'abri.

Bob enchaîna, en détachant toutes les syllabes.

— Il semble que le cher avocat s'intéressait beaucoup à nous. Dans son agenda, il y avait par exemple le jour, l'heure et le lieu de notre réunion de ce soir. La note était précédée d'un P. Le même P se retrouve devant de nombreuses autres notes. Ce P désigne clairement un individu : P à Florence, P à Bonn, P à Valenciennes et P à Chambéry avec Sofie Orban et une note d'hôtel pour deux personnes à la date du 3 mai.

— Qui te dit que P représente quelqu'un ? Ça pourrait être... un objet.

Raponi était nerveux. Certain que ce P constituait un élément important, il cherchait pourtant à se convaincre du contraire. Bob l'ignora avec ostentation.

— P devient clairement Perico en tête de trois autres lignes ; dans les deux premières, il s'agit d'argent : « Perico 262 000 francs », « Perico, 5 000 dollars pour Valle de Bravo ».

Raponi bondit sur sa chaise, mais Bob le bloqua d'un geste.

— Attends, ce n'est pas fini. Le dernier point concerne une entrevue qui devait réunir Rizzuto, Perico et...

Pause calculée de Bob.

— ... et un certain Santini.

Claudio et Orazio se cherchèrent des yeux. Bob souriait, satisfait du suspense qu'il avait créé.

— Et dans la couverture de l'agenda... la carte de visite du major Ettore Santini avec son téléphone.

Casarin posa la feuille sur la table. Raponi continuait à n'y rien comprendre, mais Orazio avait sauté sur ses pieds et, les mains appuyées sur la table, parlait comme à lui-même.

— Il y avait un capitaine Santini dans les Services spéciaux des Carabiniers, et il avait abattu deux des nôtres à Gênes en 81.

— C'est un major Santini qui l'année dernière a promis de nouvelles révélations sur Aldo Moro, s'exclama Raponi qui commençait maintenant à établir certaines relations de cause à effet.

— Bravo. C'est lui, confirma Bob.

La nuit était venue et personne n'avait songé à allumer la lumière. À travers la fenêtre ouverte, le faisceau blafard d'un lampadaire projetait sur un mur de la pièce l'ombre immobile des trois hommes. Le silence était absolu et leurs pensées en devenaient presque palpables, qui trituraient le temps et les distances pour converger sur le même point : « Perico-Valle de Bravo ». Raponi ne discernait pas le visage des deux autres, mais il lui semblait assuré qu'ils devaient l'observer et attendre qu'il prenne la parole. Orazio se leva et alluma une lampe sur la table.

— Un autre café sans sucre ?

En chœur, ils approuvèrent. Claudio glissa jusqu'à la fenêtre. La rue était déserte, à part un couple qui discutait à l'ombre d'un portail. Ils portaient tous deux un sac en bandoulière. Raponi ferma la fenêtre, tira les rideaux.

— Encore des flics, partout des flics, dit-il dans une crispation d'épaules.

Il retourna s'asseoir, pendant que la simple irritation tournait à la colère, l'empêchant de mener à bien tout raisonnement. Stupidement, il se sentait responsable de tout ce qui touchait au Mexique. Bob le savait et insistait lourdement sur le contact que ce Perico semblait avoir eu en Amérique Centrale. Raponi le dévisagea, presque haineusement.

— Qu'est-ce que tu attends maintenant ? Que je te révèle l'identité de Perico ? Ou que je plaide coupable parce que j'ai vécu dix ans là-bas ? Le Mexique ne m'appartient pas, le monde entier s'y promène et fait ce qu'il a envie d'y faire, tu comprends ça ?

Bob força sur l'étonnement et répondit avec un sourire hypocrite :

— T'es dingue ! Personne t'accuse ! Tu te montes le bourrichon tout seul, il vaudrait mieux que tu te calmes si on veut arriver à un résultat… Il y a simplement des faits, et les faits racontent que Perico devait recevoir, ou a reçu 5 000 dollars pour quelque chose en rapport avec Valle de Bravo. Pour ce que j'en sais, c'est un bled de quelques milliers d'habitants et tu t'y es rendu à deux ou trois occasions. Je me trompe ?

— Tu ne te trompes pas, renvoya sèchement Claudio.

— Alors quel rapport peut-il y avoir entre ces crapules et Valle de Bravo ? Il ne faudrait pas non plus oublier que les flics étaient parfaitement au courant de ton arrivée en France...

— Tury et Carmen sont aussi allés là-bas, au moins une fois. L'agenda de l'avocat montre que Perico se rend régulièrement à Florence : c'est de Florence qu'est venue la manœuvre qui a conduit à mon arrestation et c'est à Florence que vivent Tury et Carmen, lesquels sont également tes amis ! Je me trompe ?

Bob le regarda d'un air écœuré. Orazio revint avec les cafés qu'ils burent en silence. Il n'avait pas perdu une miette de la discussion et voulait maintenant s'efforcer de réparer les dégâts.

— Perico, ça signifie perroquet, non ?

— Ouais, mais ça s'emploie aussi pour un sniff de coke, et en Colombie ça s'utilise pour parler du café-crème, dit Claudio, la tête baissée.

Orazio entreprit de parcourir la pièce à grands pas.

— Tu as parlé de cocaïne. Et s'il s'agissait d'un point de départ pour identifier le type ? De quoi s'occupait Ruggero Verga, l'ex-client de Rizzuto ? Qu'il s'agisse de mafia ou de camorra, les fonds à recycler proviennent toujours du trafic de stupéfiants.

L'idée ne parut pas sans fondement à Raponi. Il ajouta même :

— Depuis que Bush a déclaré la guerre aux cartels colombiens, la coke est raffinée au nord du Mexique, et c'est la DEA qui supervise les opérations.

— Doucement ! s'exclama Bob, on cherche un provo infiltré parmi nous, un type qui doit forcément avoir un passé de militant, alors je trouve que vous plongez un peu vite dans les histoires de came !

— Peut-être, mais il faut pas perdre de vue les liens entre Rizzuto, le Major des carabiniers et Perico. C'est du réel, pas du fantasme. D'ailleurs, ça colle tout à fait : action terroriste égale voie libre aux grands trafics. L'équation a déjà fonctionné, insista Pagani, toujours plus convaincu.

Il semblait le seul à l'aise dans sa théorie.

— J'aimerais bien savoir ce que Tury et Carmen pensent de tout ça, murmura Bob en secouant la tête.

— Qu'est-ce qu'il y avait d'autre chez l'avocat ? dit tout de suite Raponi, comme s'il voulait éviter le sujet.

Bob consulta son document.

— Des reçus de la Bred de Zurich et un numéro de téléphone de Chambéry ; et aussi trois cent mille francs en espèces.

La liasse de billets dormait sur la table.

— Ils font passer des montagnes de fric en Suisse, ces ordures, pensa Claudio à haute voix.

— Avec Chambéry comme plaque tournante pour les livraisons…

— J'ai un rendez-vous, coupa Bob en se levant. On va réfléchir et voir ce qu'il faut faire dans les prochains jours… Qu'est-ce qu'on fait de l'argent ?

— Qu'est-ce que tu veux en faire, on va le partager ! fit Claudio, assez brusquement. Vous, je sais pas, mais moi je suis à sec.

Il n'y eut pas d'opposition. Claudio fit quatre parts, empocha la sienne et dit à l'intention de Bob :

— Il me semble normal que ton amie, celle qui est entrée en contact avec Jacques, perçoive sa contribution.

— Je crois pas que ce soit une bonne chose, elle ne veut pas être mêlée à toute cette histoire…

Claudio regarda Bob fixement, et son sourire habituel fit un pli à l'angle de la bouche.

— Donne-lui quand même. Elle est mouillée et je voudrais pas qu'un jour elle se mette à table en prétendant avoir agi sous le charme des camarades…

Orazio approuva en rigolant franchement.

— Les procès-verbaux des repentis sont bourrés d'histoires de cul ! Vous vous rappelez cette fille qui avait dénoncé son mec parce qu'il se tapait aussi la petite frangine !

Il fut sur le point d'enchaîner, mais Bob le bloqua sur-le-champ.

— O.K., tu nous raconteras la suite la prochaine fois. On se tire.

Dans la rue, la visibilité était réduite. Quelques chats festoyaient dans les poubelles des restaurants chinois, juste retour des choses. Le couple d'amoureux avait disparu. Claudio s'attarda pour allumer une cigarette tandis que Bob s'escrimait à tirer la fermeture de son blouson, immobile au milieu de la rue. Du coin de l'œil, Claudio observait une voiture de couleur sombre qui avançait au ralenti dans leur direction. Deux personnes à bord, en veste et cravate. Sans raison apparente, il eut peur. Il remit le briquet dans sa poche, fit un pas vers Bob et à cet instant précis, la voiture accéléra rageusement. Claudio hurla de tous ses poumons et, plongeant sur Bob, le projeta avec lui sur le côté de la rue. Les pneus crissèrent à quelques centimètres de leurs têtes, la voiture emporta l'aile d'une camionnette stationnée trois mètres plus loin et disparut en direction du boulevard. Bob et Claudio se relevèrent et coururent jusqu'à la porte d'entrée ; leurs mains tremblaient sur le clavier du digicode mais ils finirent par se réfugier sous le porche. Bob allait se précipiter dans les escaliers mais Claudio le retint, souffle court.

— Non ! Ils ne peuvent pas défoncer la porte…

Ils attendirent, l'oreille tendue et la respiration suspendue. Ils retrouvèrent le contrôle d'eux-mêmes et échangèrent même un sourire. Quelques minutes s'écoulèrent et il fallut prendre une décision. Claudio ouvrit la porte de quelques millimètres, l'oreille collée à la fente. Toujours prudemment, il écarta encore le battant pour glisser la tête à l'extérieur et observer la rue vide. Les chats étaient retournés aux poubelles.

Orazio ne se décidait pas à éteindre le Mac Intosh, mais il s'affaissait toujours davantage au fond de sa chaise en écoutant le récit des deux autres.

— Mais alors, on en est à ce point-là ? répéta-t-il deux fois de suite. Ces fils de pute, s'ils veulent se prendre au sérieux, ils vont nous trouver !… On va leur montrer…

Passé l'euphorie de la bonne fortune qui leur avait assuré la vie sauve, Bob et Claudio reconnaissaient la gravité de la situation.

— On va leur montrer quoi, à qui ? gémit Bob.

— Comment à qui ? On a l'adresse de ce rat d'égout de Ruggero Verga. Pourquoi pas lui faire passer l'envie de jouer les gangsters ?

Raponi inspirait en silence la fumée du tabac. Il pensait que les choses n'étaient pas aussi simples, mais il avait plaisir à entendre Orazio réagir de la sorte.

— La vérité, c'est qu'on a encore voulu jouer aux plus malins, une bande de rigolos, voilà ce qu'on est ! fit Bob, et il rencontra l'écho de ses paroles sur le visage de Claudio.

— Flinguer ce salaud ne servirait à rien. Au contraire, ils ne nous le pardonneraient jamais et, tôt ou tard, ils réussiraient à nous éliminer. C'est une conjoncture merdique, mais il faut prendre une décision ici et tout de suite, conclut Raponi.

17

Ils avaient étudié jusqu'à très tard les cas de figure les plus variés, des représailles totalement baroques jusqu'à un éventuel « repli stratégique » qui, selon Orazio, aurait permis une réorganisation dans les rangs des réfugiés les plus sûrs. Ce fut au sommet de cette péripétie que Claudio renvoya les discours au lendemain. Il avait perdu la force d'en rire et la fatigue les entraînait dans un délire interminable.

Raponi avait pourtant traversé la nuit sans rencontrer le sommeil. Les heures qui passaient flottaient sur les ténèbres devant ses yeux écarquillés et il étouffait sous une avalanche de pensées incohérentes. Il savait que dorénavant, les ennuis sérieux allaient commencer. En outre, il se sentait coupable d'avoir entraîné des camarades dans ses obsessions paranoïaques. Il était évident qu'avec l'avocat, ils avaient frappé au milieu de la cible. Rizzuto avait été effacé par ses complices après l'étrange perquisition dans ses bureaux. C'était l'unique façon de rompre la connexion entre le contenu des documents dérobés et l'organisation dont il faisait partie. L'attentat de la soirée démontrait que, non seulement les autres étaient dangereusement prêts à frapper, mais encore qu'ils savaient où et pourquoi ils devaient agir… Secoué par les événements récents, Raponi se retournait sans fin sur sa couche, incapable d'imaginer le futur immédiat. La lueur de son briquet éclaira sa montre : quatre heures. Il alluma une cigarette et renonça à la torture qui consistait à s'imposer le sommeil à tout prix. Avec la police et la mafia sur le dos, il se sentait pour le moins vulnérable. Il savait aussi que « la merveilleuse machine de guerre communiste » qu'Orazio voulait remettre sur pied ne prenait pas en compte les bons paramètres.

Il en venait à souhaiter que ses deux compagnons soient aux prises avec les mêmes angoisses que les siennes, mais le rythme régulier de leurs respirations ne laissait planer aucun doute. Il tenta de coller un visage à Perico et voyagea tout au long de l'épopée mexicaine, parmi des rangées de fantômes poussiéreux. Ses songes dérivèrent jusqu'à Carmen et il se sentit mal, car il désirait sa présence. Il se reprit à suivre Perico au passage d'une frontière entre le Honduras et le Nicaragua ; un type qui portait d'énormes appareils photos en bandoulière et qui le précédait de quelques mètres sous une pluie battante. Quand il crut être sur le point de le démasquer, il tomba dans un sommeil pesant.

Raponi ne désirait pas faire marche arrière. Faire toute la lumière sur les manœuvres occultes qui mettaient en péril sa propre sécurité et celle de ses amis demeurait un objectif prioritaire. Pourtant, ce matin, il se sentait incapable de développer la moindre hypothèse de départ. Il choisit donc d'opter pour une ligne « dure », ce qui avait l'avantage de dissimuler ses faiblesses personnelles. Il pensait que cette attitude le rendait ridicule, mais il tablait sur la confiance et la compréhension de Bob et Orazio.

Il laça ses chaussures avec l'impression de ne s'être pas couché de la nuit. Orazio et Bob devaient déjà être levés, mais il n'y avait aucun bruit dans la maison. Il les trouva dans la cuisine, absorbés dans la lecture de deux quotidiens. Sur la table, un paquet de sucre et des croissants rendirent un peu d'humeur à Claudio qui déplaça une pile de revues pour s'installer.

— Une bonne journée commence tôt le matin, lança Orazio d'un ton sarcastique.

Il tendit le journal qui offrait un titre en première page : *« Saisie d'une quantité d'armes considérable et arrestation des trafiquants, résultat d'une vaste opération de police »...* Raponi les interrogea du regard.

— Lis l'article, soupira Bob.

Raponi se versa du café, alluma une cigarette et s'empara du journal. En substance, l'opération était née du déchiffrage d'un document codé trouvé par la police dans le bureau de Rosario Rizzuto. La Brigade Criminelle était intervenue aux environs de Valenciennes, à la frontière belge, dans une ferme qui servait de dépôt pour un trafic d'armes à grande échelle. Huit personnes sous les verrous, membres d'un groupe néonazi suspecté de nombreuses exactions contre des immigrés nord-africains. Fait surprenant, dans un terrain voisin, quasiment à découvert, était installé un camp d'entraînement paramilitaire, avec stands de tir et parcours du combattant. Cependant, les meneurs avaient échappé à la rafle, grâce à une fuite inexplicable au niveau des services de police. Parmi ceux-ci, le journaliste s'attardait en particulier sur un personnage qui était non seulement lié au représentant le plus connu de l'extrême droite française, mais qui avait déjà défrayé la chronique par les relations serrées qu'il entretenait avec certains « Services secrets ». Les armes, de gros calibre, provenaient d'un armurier d'Anvers proche du « Stand Behind », le correspondant de *Gladio* en Belgique. On ne parlait pas du commissaire François Lorand, ni de sa brigade.

Raponi était pourtant convaincu qu'il était à l'origine du grand bordel.

Les cendriers étaient pleins et Pagani n'avait pas encore achevé d'exposer son plan pour « insérer l'initiative communiste dans les contradictions révélées par les manœuvres du pouvoir ». Claudio ne l'écoutait plus, son cerveau se refusait à fonctionner. La puanteur des ordures abandonnées depuis plusieurs jours derrière la porte lui retournait l'estomac. Bob avait émietté un croissant pour dessiner une croix gammée sur la table. Il s'arrêta net et d'un air provocateur fixa Claudio, dont la nervosité se faisait palpable. L'atmosphère se tendit, et même les mots vinrent à manquer à Orazio. Raponi se leva, s'appuya dos au mur. Il allait enfiler les pouces dans sa ceinture quand il croisa le regard d'Orazio, alors ses bras glissèrent le long de ses hanches. Pendant de très longs instants, il n'y eut qu'un silence absolu et sur leurs visages apparaissait la panique. Claudio leva les yeux et croisa avec mépris le reflet de son visage dans une vitre. C'était là sa vie, le milieu dont il s'était nourri et qu'il avait saccagé. Il regarda encore Bob et Orazio et ressentit pour eux une grande affection. À leur façon, ils ne s'étaient jamais dérobés.

— Bon, on pourra toujours se tirer en Angola pour soigner le sida de nos camarades africains, dit Orazio.

— Ouais, ou alors virer écolos pour aller balayer l'Antarctique.

— Le temps passe et il faut faire quelque chose, coupa Claudio, on s'est foutus dans le merdier et on va se faire écrabouiller comme des blattes. Il y a pourtant un enfant de salaud qui m'avait prévenu.

— Quel enfant de salaud ?

— Laissez tomber, c'est plus le moment de pérorer comme des poules. Je tenais uniquement à préciser qu'en ce qui me concerne, je n'aperçois aucune action révolutionnaire à entreprendre. Il s'agit uniquement de pas se faire descendre et évidemment de continuer à chercher l'enculé de Perico. Enfin, disons que ce dernier point, j'en fais une affaire personnelle et que je ne fais appel en aucune façon à la soi-disant communauté de réfugiés. Et que ce soit clair une fois pour toutes, en aucune manière je ne fais partie du même troupeau.

Bob bondit sur sa chaise et cria, les traits tirés par la colère :

— Et pourquoi tu l'as pas dit au départ, avant de provoquer tout ce boxon ? Trop facile, tu nous fous dans la merde et après tu te tires, genre grand loup solitaire !

Orazio, le menton entre les mains, conservait un air absent. Raponi soutint le regard de Bob et répondit, avec un calme froid.

— Tu connais très bien mon opinion sur les prétendues victimes de la révolution, d'un côté de la frontière ou de l'autre, y compris ces petits intellos qui veulent se construire une identité en nous faisant l'aumône un jour et la morale le jour suivant ! Je me fous de tout ça !... Il y en a que je respecte encore même si je partageais pas leurs délires idéologiques, c'est ceux qui tirent la perpète à Novara[1]. Et si j'avais envie d'être communiste aujourd'hui, ce serait seulement parce que toutes ces caricatures de démocraties galopantes en ont décrété la mort !

Pagani adopta l'attitude de l'orateur tranquille.

— Que tu le veuilles ou non, tu fais partie du troupeau, comme tu l'as si bien défini, même si chacun a le droit de tirer ses propres conclusions. Un jour ou l'autre, j'aimerais discuter avec toi de notre parcours politique, ou du moins des convictions que tu t'es faites à ce sujet.

Raponi secouait doucement la tête. Il jeta un coup d'œil à sa montre et retourna s'asseoir.

— On verra ça un de ces jours, lâcha-t-il d'un filet de voix. Ce n'est pas entre nous qu'il faudrait parler... Le fait qu'on se retrouve

1. Prison spéciale conçue notamment à l'intention des « politiques ».

embourbés dans une situation pareille, ça explique beaucoup de choses. Mais toute cette bande de soi-disant ex-combattants qui à force de s'étaler partout ont fini par plonger dans la merde toutes nos années de lutte, de lutte véritable… Et je ne parle pas seulement des repentis et autres *dissociati*, eux ils ont leur étiquette sur le front. Mais tous les autres, ces communistes de foire qui, pour vaincre leur syndrome de Raskolnikov, voudraient que tout le monde se sente coupable, et n'arrivent qu'à légimiter des gouvernements qui continuent à faire ce qu'ils veulent !… Tout cela est devenu trop compliqué pour moi, et pour survivre je ne dois plus penser qu'en termes d'amitié et de complicité. Je n'ose plus parler d'affinité politique, moi. Et je suis sûr de ne pas être le seul dans ce cas-là. C'est ça, notre véritable défaite.

Le ronflement du frigo fut couvert par les hurlements d'une femme qui invectivait des garnements dans la cour de l'immeuble.

— Qu'est-ce que c'est que ce baragouinage ? demanda Bob.

— C'est du Minà, répondit Orazio. Un dialecte togolais.

À 12 h 45, ils quittèrent les lieux. Le taxi les attendait dans la rue. Ils dirent au chauffeur de rouler vers le centre. Les trois hommes n'échangèrent pas un mot, tout était préparé à l'avance. Le taxi s'engagea dans la rue de Rivoli et fut stoppé par un feu rouge à la hauteur du Louvre. Orazio et Bob ouvrirent les portières, saluèrent d'un geste et s'éloignèrent au milieu des touristes dans la direction du métro. Le chauffeur se tourna vers Raponi qui fit d'une voix impatiente :

— J'ai un rendez-vous aux Buttes-Chaumont et je suis très en retard. Si vous faites un effort, on multiplie la note par deux.

— On y va, monsieur…

La voiture fonçait à travers un tas de ruelles qu'il ne connaissait même pas. L'homme au volant, un jeune Noir amateur de chewing-gums, faisait vite et bien. Raponi ignorait encore comment résoudre le problème du gîte pour les temps à venir, mais il avait le temps d'y penser. Il fallait d'abord qu'il rencontre Jacques, et sans escorte dans son sillage.

— On y est, monsieur, où est-ce que je vous laisse ?

— Belle performance. La première entrée, ça ira.

Il lui agita un billet de cent francs sous le nez et l'autre remercia en exhibant une rangée de dents d'un blanc aveuglant. À cette heure, les jardins étaient déserts. Raponi connaissait les lieux pour être venu y faire du sport, bien des années auparavant. Il parcourut rapidement un dédale de petites allées qui ramenaient la plupart du temps au point de départ, puis s'engagea dans un tunnel qui, à travers une colline artificielle, débouchait sur une autre sortie, à proximité d'une station de métro. Il dévala les escaliers quatre à quatre et arriva juste à temps pour sauter dans une rame. Assis près de la porte, il laissa passer trois stations, puis au dernier moment, sauta sur le quai où il se retrouva complètement seul. Il sortit du métro, arrêta un taxi et donna une adresse aux environs du Bar de la Marine.

Le serveur le reconnut immédiatement. Il lui apporta une Dos Equis et d'un geste imperceptible lui signifia qu'il devait attendre. Il n'eut même pas le temps de finir sa bière que Jacques prenait place à ses côtés. Il avait renoncé à son veston croisé pour endosser un blouson militaire. Sa présence apporta une vague de soulagement à Claudio.

— Alors, ça y est, le grand capital est anéanti ?

— Pas encore, mais il agonise.

— Bordel, qu'est-ce que les braqueurs vont devenir ?

— J'avais pas pensé à ça.

Claudio conta par le menu les derniers événements, pendant que les bouteilles venaient encombrer la table.

— Lorand a donc flairé l'histoire de la double visite à l'avocat. C'était à prévoir, observa Jacques, c'est une pointure chez les poulets celui-là…

— T'inquiète pas, pour l'instant tu restes complètement en dehors du coup. J'ai disparu et mes deux potes aussi.

— Espérons qu'ils feront pas de conneries, du genre agit-prop sur l'affaire.

— Non. Pour le moment, le problème vient des salopards de la mafia. J'ai peur qu'ils se contentent pas de nous avoir foutu la trouille et qu'ils frappent un de nos amis. On a les mains liées, tu comprends.

— Je ne pense pas qu'il y ait un risque. Je suppose que le petit traître qui les renseigne leur a parfaitement désigné ceux qui parmi vous représentent un danger. S'ils sont réellement en train d'organiser une provocation à vos dépens, ils ne voudront pas tout gâcher en agissant à l'aveuglette. En tout cas, il convient de se montrer prudent. Peut-être qu'un de vous a laissé échapper une parole au sujet de la mafia et alors… le meilleur ami, même sa femme… tu comprends ce que je veux dire. Il y a aussi une autre éventualité : ils ont un informateur chez les flics.

— Ouais, tout ce que tu dis est vrai, murmura Claudio.

La bière commençait à faire effet et, la tête entre les mains, il s'immergea dans quelques réflexions décousues. Il s'ébroua brutalement et, le regard brillant, siffla entre ses dents :

– Il m'échappera pas. Il en a plus pour longtemps.

Dans sa poche, il y avait la liste que lui avait remise Orazio. Les noms de tous ceux qui avaient circulé entre la France et l'Italie.

Jacques hésitait. Il avait l'intention de lui exposer une idée qu'il ruminait depuis plusieurs jours, mais il renonça en le voyant dans cet état. Il avait peine à reconnaître le compagnon brillant qui sous la menace de la perpétuité affrontait la prison avec un détachement élégant. Aujourd'hui, il était libre, mais écrasé par le doute. Jacques le gratifia de son habituelle claque sur l'épaule.

– On les aura, d'une façon ou d'une autre ! C'est la seule chose qui est certaine !

Claudio finit par esquisser un sourire de reconnaissance.

– Tu as raison, répondit-il en observant machinalement les tables bondées, le problème est que je ne comprends plus ce qui se passe. Je pensais vouloir quelque chose, mais maintenant je ne sais plus quoi exactement. Tout ce que j'entreprends s'achève par un désastre.

– Tu as eu des problèmes avec tes copains ? demanda doucement Jacques.

Surpris, il tourna la tête vers lui.

— Non. En fait, ce n'est pas avec eux que j'ai des problèmes, c'est avec moi-même.

— Écoute-moi bien, dit Jacques en haussant le ton, il faut que t'arrêtes de penser que tout ce qui se passe sur cette putain de planète va dépendre de toi. On est adultes et vaccinés, à chacun ses responsabilités, mon pote ! D'un côté, tu veux faire une croix sur le passé, les camarades et la politique, de l'autre tu te noies dans la culpabilité, comme si t'avais trahi tout le monde !

Claudio l'interrompit en levant les mains.

— Du calme ! Tu vas pas faire dans la psychologie maintenant !

— Et ta sœur ! Explique-moi pourquoi tu t'es mis à chercher Perico au lieu de laisser tomber tout ça et de te foutre royalement de ce qui pouvait arriver ! C'est bien parce que ton grand cynisme, c'est de la frime et que t'es au contraire bourré de morale !

Claudio enleva ses coudes de la table et se redressa sur la chaise. Il était plutôt stupéfait et ne trouvait rien à dire. Il commanda deux autres bières, alluma une cigarette alors que la précédente se consumait encore dans le cendrier, quasiment intacte. Il secoua la tête, avec un demi-sourire.

— Rien à faire, même les vrais durs ont appris à parler…

Ils quittèrent le bistrot en parlant de filles. Jacques admettait sincèrement avoir cru pendant longtemps que les Noires dégageaient une mauvaise odeur, et qu'il avait de ce fait raté nombre d'occasions. Claudio lui dit en rigolant de ne pas trop s'inquiéter de ce retard culturel parce que la plupart des tiers-mondistes qui se consacraient à la cause africaine pensaient la même chose.

— Ils ont peur qu'elles leur bouffent leurs petites couilles blanches !

— J'ai trouvé ! s'exclama Jacques en se frappant les mains. Un endroit pour toi. La péniche de Ramiro. C'est pas là qu'on ira te chercher !

— Un bateau ?

L'idée sembla ridicule à Claudio, comme un arrière-plan de séquence jamesbondienne à Hong Kong.

— C'est pas vraiment un bateau, c'est une péniche amarrée sur la Seine, juste à la sortie de Paris. Elle appartient à un vieux copain. J'en profiterai pour lui serrer la main.

Claudio ne fit aucun commentaire. Bien qu'il ait passé une partie de sa vie chez des gens disposés à l'accueillir, et qui ne furent trop souvent payés que de sérieux déboires, il ne s'était jamais habitué au rôle de l'hôte. Cette fois, il s'agissait d'une maison flottante. Jacques l'observait et il ricana.

– T'inquiète pas, la taule à Ramiro, c'est mieux équipé que l'avenue Foch. Il a l'âge qu'il a, mais des types aussi en forme que lui, ça court pas les rivières. C'est le genre taciturne, il sort pas plus de trois phrases par jour. Je suis sûr que tu vas le trouver sympathique.

Ils entrèrent dans un magasin Tati, où grâce aux mains-d'œuvre sous-payées de l'Est asiatique Claudio put renouveler sa garde-robe pour moins de deux cents francs.

– On prendra le métro jusqu'à Ivry et on continuera à pied. Juste au cas où on aurait du monde aux fesses. Il faudrait pas que le vieux ait des ennuis.

Raponi nota que Jacques semblait marquer un certain respect pour son ami.

– Comment l'as-tu rencontré ? Un mec qui vit sur un bateau ?

Il n'obtint pas de réponse avant qu'ils ne soient installés dans une rame de métro.

– Je l'ai connu quand j'étais encore un mioche. Il m'a sorti de la merde et c'est un peu grâce à lui si j'ai pas plongé dans la défonce. Je lui dois pas mal de choses au père Ramiro. Ça va te surprendre, mais j'ai appris peu de chose sur lui, sinon par hasard. Il a été un ponte dans la République espagnole, un officier, quelque chose comme ça.

Claudio devint attentif.

— Un peu la même race que toi, ça te rassure, hein ? rigola Jacques, et il reprit :

— Un jour que j'étais chez lui, des types sont venus le trouver. Il y avait un écrivain espagnol, célèbre, mais j'ai oublié son nom. Ils se sont mis à parler catalan, et bien sûr j'ai pas compris un mot, mais à la fin, ils l'ont salué avec tout un tas de courbettes en l'appelant commandant. J'étais un peu sidéré, parce que à l'époque j'étais loin d'imaginer qu'il puisse avoir une telle envergure, même s'il nous ressemblait pas vraiment. Il fricotait dans la petite pègre, tu vois. Après cette visite, j'étais un peu embarrassé, je n'arrivais plus à le regarder de la même manière. Il s'en est aperçu et un après-midi il m'a raconté pour la première fois sa fuite à travers les Pyrénées, après l'entrée de Franco à Madrid. On a fini par se saouler la gueule ensemble et pourtant j'avais à peine vingt ans. Je m'en souviens, parce que jusque-là, il n'avait accordé à personne ce genre de faveur…

Le métro était revenu en surface. À gauche, la Seine déroulait une longue bande d'acier qui coupait en deux la banlieue industrielle. Claudio, fasciné par l'histoire du personnage, avait retrouvé un peu d'allant. Jacques continua le récit.

— Le vieux s'est un peu laissé aller. Il chialait presque en me parlant des grands espoirs de la République, des engueulades entre anars et cocos et des conséquences désastreuses que ça avait eues. C'était des trucs que j'arrivais franchement pas à comprendre mais, à voir sa tête, ça devait représenter quelque chose d'essentiel. Après il s'est mis en rogne en parlant de Staline et de la trahison des Soviets. Pour finir, il m'a embrassé et est allé se coucher.

Jacques était ému, sans doute malgré lui. Le récit l'avait ramené quinze ans en arrière, quand il rêvait encore d'une famille et d'un travail honnête. Il se retourna vers Claudio pour lui claquer l'épaule.

— Enfin… toi non plus, t'as pas eu la vie facile !

Il réfléchit quelques instants avant d'ajouter :

— Éclaire un peu ma lanterne, je croyais que les communistes étaient toujours aux côtés des révolutionnaires… et du peuple. Alors pourquoi Ramiro Novak en veut autant aux Soviétiques ?

Ce fut un peu comme si toute la lumière sale de l'après-midi s'était concentrée à l'intérieur du wagon. Claudio s'agita, fut deux fois sur le point de dire quelque chose, puis y renonça. Une question aussi simple ne laissait aucune place aux discours emplis de « si » et de « mais ». Il souffla plusieurs fois avant de lâcher :

— La pire chose qui puisse arriver à un révolutionnaire, c'est de prendre le pouvoir.

De la station de métro jusqu'au fleuve, il y avait un demi-kilomètre. Ils marchaient vite, en jetant régulièrement des regards en arrière. Claudio serrait contre lui le sac qui contenait les quelques effets qu'il emportait en songeant aux nombreuses circonstances identiques qu'il avait connues. Les temps derniers, il s'était demandé s'il aurait été capable de renoncer à cette vie. Si toutefois, il en avait eu l'occasion.

Jacques lui indiqua une épicerie ouverte jusqu'à très tard. La rue finissait sur une esplanade de graviers au bout de laquelle une rangée de grues de transbordement pointait ses flèches.

— On y est. La péniche est ancrée un peu plus haut sur la berge.

Claudio s'arrêta un instant pour observer le fleuve boueux. Sur les deux rives, d'énormes barges plates et sombres étaient amarrées, semblables à des navires décapités. Il pensa à ces paysages nordiques où les activités essentielles s'organisaient autour d'un cours d'eau monotone enveloppé dans la brume, sans la moindre odeur saline. Ils s'engagèrent sur une passerelle qui accédait à l'une des maisons flottantes. Un cocker se précipita pour venir se frotter contre les jambes de Jacques. Claudio examinait la péniche. La rambarde autour du pont était tapissée de géraniums et de toute une variété de plantes fleuries. L'homme et le chien s'embrassaient avec tant d'affection qu'il n'osa pas interrompre l'idylle.

— Il n'y a personne, dit-il enfin, il est peut-être sorti.

Jacques ricana.

— Non, il est là, mais il nous observe. Il se demande qui tu es.

À cet instant, on entendit un coup de sifflet et le cocker courut sur le pont. Jacques fit signe d'attendre encore. Un homme de haute taille sortit de la cabine. Il s'ajusta un bonnet de laine qui laissait deviner une masse de cheveux blancs. Il se planta, immobile, sur le seuil de la porte et son regard parut traverser les deux arrivants. S'il fallait en croire Jacques, l'homme devait avoir dépassé les quatre-vingts ans, mais sa silhouette ne révélait pas cet âge. Un large sourire éclaira le visage de Ramiro, qui traversa la passerelle d'un pas ferme pour venir les saluer.

— Un ami qui a besoin d'un coup de main, dit Jacques pendant les présentations.

L'homme posa ses yeux clairs sur le visage de Claudio qui fit un effort pour soutenir le regard. Ensuite, il observa rapidement les alentours du quai et s'effaça pour les inviter à entrer. Un ordre et une propreté méticuleux régnaient à l'intérieur de la péniche. Ramiro les précéda dans une pièce aménagée comme un véritable studio. La décoration était réduite au minimum indispensable, mais pourtant rien ne semblait manquer. Les parois étaient tapissées de livres jusqu'à hauteur des hublots, juste au niveau de l'eau. Pendant que les deux autres s'entretenaient à voix basse, Claudio resta à l'écart. Enfin, Ramiro se tourna vers lui.

— Un café ? Je ne sais pas s'il te plaira… Les Italiens sont les maîtres dans le domaine.

— Pour moi, ça ira, le goût du café italien, je ne me le rappelle même plus.

Ils burent en silence. Assis devant la porte, le chien fixait Ramiro d'un œil languide en agitant uniquement la queue. Claudio se laissait bercer par une quiétude rassurante. Sur le visage de Ramiro, les rides étaient maintenant plus marquées, mais même ainsi, il échappait à la décrépitude physique apportée par l'âge, tant chaque ligne y semblait sculptée dans la masse.

Le vieil homme s'essuya la bouche du dos de la main, et fit d'un ton qui n'admettait pas de réplique :

— En ce qui me concerne, il n'y a pas de problème. Je poserai uniquement deux conditions : la première est que je veux savoir ce que tu apportes dans la péniche, la seconde chose c'est que je n'ai jamais eu de fils et que je n'ai pas l'intention de commencer maintenant, alors chacun reste à sa place et tout ira bien.

Jacques échangea un coup d'œil amusé avec Claudio. Ramiro versa encore du café, s'éclaircit la gorge.

— Juste une question : tu as l'intention de te retirer du jeu ou de continuer la partie ?

Claudio le regarda avec sérieux, mais sans préoccupation excessive.

— Malheureusement, maintenant, ça ne dépend plus seulement de moi.

18

Après l'orgasme, il retomba sur le corps de la partenaire, épuisé, et il attendit ainsi que se dissipent les vertiges du plaisir. Ensuite, il souleva la tête pour chercher dans les yeux de la femme une lueur de tendresse, ou du moins de satisfaction. Elle fixait simplement le plafond avec une expression tourmentée. Il s'en aperçut et en fut désappointé, puis il se relaxa avec un sourire. Elle le gratifia d'un bref regard, toutefois suffisant pour qu'elle saisisse la fausse note sur son visage, le frémissement hypocrite aux coins de la bouche. Un trouble purement physique la poussa jusqu'à la salle de bains, comme si une douche pouvait effacer son malaise. Elle resta longtemps sous le jet brûlant, elle avait besoin de recul par rapport à ses propres comportements. Elle n'avait pas l'habitude de coucher avec n'importe qui, précisément pour éviter ces instants désagréables qui suivaient une étreinte occasionnelle. Gianni n'était pas n'importe qui.

Elle le connaissait depuis des années, et ils avaient eu ensemble quelques bons moments. Peut-être était-elle victime d'une excessive tension nerveuse. Depuis plusieurs jours, elle était sans nouvelles de Claudio, qui avait disparu dans la nature en même temps que Bob et Orazio Pagani. Elle se doutait qu'ils devaient fomenter quelque chose et, avec Claudio, les très gros ennuis pouvaient surgir. Et puis Gianni avait décidé brusquement de s'intéresser au sort des réfugiés parisiens. Bien qu'il n'ait jamais évoqué de problème judiciaire en Italie, il s'était depuis quelques années installé à Paris, et pour ce qu'elle en savait, menait belle vie avec les revenus d'une affaire d'import d'artisanat mexicain. Elle se demandait s'il savait quelque chose sur ce qui se passait là-bas. Elle cherchait aussi à analyser les motifs de ses propres préoccupations, mais son cerveau lui semblait tourner à vide.

Quelques jours plus tôt, au cours d'un dîner avec des amis, il avait fallu admettre que les « Français » comptaient surtout sur eux pour le réglement des notes de téléphone. Tous avaient déploré le « victimisme » des réfugiés qui, avec le prétexte d'une impossible intégration à l'étranger, étaient devenus une charge insupportable pour les quelques rescapés du mouvement qui jouissaient encore de la nationalité italienne. Était-ce un reflet de la vérité, ou bien les camarades florentins, désireux de retrouver une place dans le « système », cherchaient-ils à se justifier par tous les moyens ? Dans tous les cas, le problème demeurait pour elle identique : elle était par-dessus tout inquiète du sort de Claudio.

Elle retourna dans la chambre et s'aperçut pour la première fois que Gianni était trop poilu et que, depuis quelques mois, il avait pris du ventre.

— Tu veux boire quelque chose ? demanda-t-elle en enfilant une grosse chemise d'homme.

Il était en train de rouler une cigarette avec du tabac hollandais.

— Oui, merci.

Il arborait un sourire incolore qui provoqua chez Carmen la même sensation trouble. Elle lui tendit le verre, il huma l'odeur et s'exclama :

— Caramba, de la tequila !

— Depuis le Mexique, j'en ai toujours une bouteille à la maison.

Il absorba une longue gorgée, fit claquer la langue et lança d'un air indifférent :

— Je me demande si Raponi pourra s'en passer, du Mexique.

— A priori, il n'a pas le choix, il ne peut pas quitter la France.

— Où est le problème, il y a toujours la possibilité de filer à l'anglaise, tu ne crois pas ?

— Sans doute, mais je pense pas que ce soit dans ses intentions, répondit-elle avec un brin d'irritation.

Gianni Brasco acheva son verre. Il alluma la cigarette qu'il avait confectionnée et s'écroula sur le lit.

— À Paris, j'ai entendu dire que dans l'entourage de Pagani, on cherche à se faire la belle. Les autorités françaises les soupçonnent d'avoir une idée derrière la tête, mais ça pourrait aussi bien être une provocation de la police.

Aussitôt après, il ajouta :

— Si j'étais à leur place, je retournerais tranquillement à la bergerie.

Carmen perdit un peu son contrôle et éclata.

— Mais enfin, on peut savoir de quoi tu parles et qu'est-ce que tu peux bien connaître de tout ça !

— Eh… du calme. J'y suis pour rien, moi…

— Tu as toujours l'air de savoir un tas de choses et après tu veux jamais rien dire ! Tu me fous en rogne, vraiment !

Dans le mouvement, elle faillit se laisser emporter à lui confier ses appréhensions au sujet de Claudio, mais un frisson la secoua des pieds à la tête, lui bloquant les mots dans la gorge. Elle s'habilla vivement. Lui se leva, et sembla éprouver le besoin de se justifier.

— Écoute, si ton jules s'est mis dans la merde, c'est pas de ma faute.

— Mon jules, comme tu dis, ne s'est jamais mis tout seul dans la merde, il y a toujours eu quelqu'un pour le pousser, tu vois ce que je veux dire ?

Il se tut. Dans les yeux de Carmen, brillait un signal de détresse et elle ressemblait à un animal traqué prêt à frapper pour se défendre. Il y eut un silence. Il se dirigea vers les toilettes.

— Ça n'a aucun sens de s'engueuler entre nous, et puis pour le moment, ce ne sont que des bruits qui courent.

Elle se tourna lentement vers lui :

— Fais vite, s'il te plaît, je dois sortir.

Elle eut la certitude en le saluant qu'ils ne se reverraient jamais. Gianni lui laissa les coordonnées de l'hôtel où il était descendu.

— Au cas où il y aurait quelque chose de nouveau, ajouta-t-il sans trop de conviction.

Carmen verrouilla la porte à double tour et retourna s'asseoir au milieu du studio. Elle fixait le téléphone qui demeurait silencieux. Elle avait déjà fait le tour de toutes les adresses où Claudio aurait pu laisser quelque trace et, à présent, il lui restait seulement l'espoir qu'il appelle de son côté. Elle ignorait s'il allait le faire. Depuis le retour du Mexique, il se montrait suspicieux à tout propos, et même envers elle. C'était cela qui, par-dessus tout, la mettait en rage. Au début, elle était persuadée que cette défiance avait pour origine les vieux conflits mexicains, quand, pour se tirer d'affaire, Carmen avait dû faire front commun avec Tury et abandonner Claudio à son sort. Aujourd'hui elle se rendait compte que ce n'était ni la jalousie ni une banale histoire de rupture qui entraient en ligne de compte. Dans le regard de Claudio, elle avait vu bien d'autres peurs, et surtout un soupçon terrible. Elle était pourtant certaine qu'il l'aimait, qu'il ne pouvait s'écouler beaucoup de temps sans qu'il n'ait besoin de la voir. Elle en aurait mis la main au feu. Elle aurait voulu pleurer, s'abandonner sans retenue et se libérer de cette angoisse stérile. Il fallait qu'elle agisse.

Pour se préparer un café elle se rendit dans la cuisine, où elle se tint immobile, les mains appuyées à la table, ayant déjà oublié. Elle retourna dans la pièce. Elle alluma une autre cigarette en songeant à Gianni Brasco, et à ses petites phrases innocentes. Elle avait la certitude qu'il en savait beaucoup plus qu'il ne le montrait et, à la réflexion, elle réalisa qu'elle avait toujours eu ce sentiment. Elle ne pouvait plus supporter cette façon de faire, elle devint soudain furieuse. Elle décida de le rappeler à l'hôtel.

— M. Brasco a rendu sa chambre et il est parti il y a dix minutes.

Elle ne dit rien. Elle raccrocha lentement et tomba sur une chaise.

— Gianni fait la pute, répéta-t-elle pour elle-même, assommée.

C'était l'unique conclusion qu'elle pouvait tirer. Elle s'empara d'un sac et commença à le remplir. Il était d'une importance vitale d'arriver à Paris dans les délais les plus brefs.

La ville se vidait graduellement de ses habitants, même si les magasins bénéficiaient des derniers achats pour les vacances. La gare se trouvait à quelques centaines de mètres, et Carmen décida de la rejoindre à pied. Le long de la Via Nazionale, elle s'arrêta d'un bloc et opéra une soudaine volte-face pour examiner ceux qui marchaient dans la même direction qu'elle. Son attitude n'avait rien de rationnel, elle se laissait guider par une impulsion, comme si elle pensait pouvoir identifier un des passants qui circulaient à une trentaine de mètres plus loin, sur le trottoir opposé. Un autocar hollandais lui boucha la vue, elle se reprocha sa nervosité et reprit sa marche sans réussir à éloigner Gianni Brasco de ses pensées.

Comme il fallait s'y attendre, le Galilée en partance pour Paris ressemblait à un ferry-boat albanais en route pour Brindisi. N'ayant emporté que le strict nécessaire, son bagage réduit lui permit néanmoins de circuler avec une certaine souplesse le long des couloirs surpeuplés.

Elle trouva finalement un espace libre en face d'un compartiment totalement investi par un groupe de jeunes garçons, qui s'étaient déjà gagné l'hostilité des autres voyageurs. Carmen laissa tomber à terre le sac noir, alluma une cigarette et se mit à compter les canettes de bière vides qui roulaient sur le sol. Les six garçons braillaient à tue-tête.

Il vaut mieux mourir enfant
avec les poils du cul au vent
que mourir pour une armée
avec les poils du cul cramés !

Pour la première fois de la journée, Carmen eut un sourire amusé. Une femme d'âge moyen, trop maquillée, confia délicatement à son mari un caniche édenté et lui dit, en se tordant le nez :

— Mademoiselle, il est interdit de fumer, voudriez-vous éteindre la cigarette ?

Sans attendre de réponse, elle retourna à son chien. De l'intérieur du compartiment, une voix s'éleva.

— T'as qu'à lui éteindre dans l'œil, ça lui évitera d'attraper le cancer !

— Si vous voulez, on vous fait une place, ajouta une autre voix, ici c'est territoire libéré !

Carmen prit son sac et entra sans hésiter dans le compartiment.

19

— Vise un peu… Il y a une autre Mercedes 600 qui vient d'arriver. Ils ont un beau parc automobile, faut pas dire. Il y a plus de Ferrari que de grosses limousines, t'as remarqué ? Ça doit être un signe des temps, maintenant les boss préfèrent la vitesse au confort.

François Lorand balança la baguette de châtaignier dans les fourrés, et jeta un regard torve à l'inspecteur.

— Je me trompe ou on dirait que t'envies la racaille du château ?

Brunel remit en place le sac à dos d'un coup d'épaule et précéda le commissaire en soupirant.

— J'imagine que toi ça te fait plaisir qu'on rentre à Paris dans notre guimbarde…

Lorand se laissa distancer de quelques mètres sur le sentier puis, sans s'émouvoir, répondit :

— C'est là que tu te goures, mon cher Fred. À Paris, j'y retourne tout seul, parce que toi, tu vas aller rejoindre les copains dans le camion de l'EDF. Et tu vas y rester tant que Sofie Orban se décide pas à lâcher le grand monde. Si celle-là aussi, tu me la paumes, ça va chier pour ton matricule.

L'inspecteur lui retourna un œil courroucé. On était dimanche et il avait promis une sortie à sa femme. Lorand ne l'ignorait pas et il se vengeait ainsi de la disparition soudaine de Pagani, Raponi et Casarin. Pourtant, Brunel ne se sentait pas responsable. Il ne disposait que de deux hommes et, pour surveiller les trois Italiens, il aurait fallu une armée. Le commissaire devinait les sentiments de son subordonné. Il le laissa ruminer jusqu'au véhicule stationné sur le remblai le long de la voie ferrée. Il ouvrit le coffre et rangea son attirail de chercheur de champignons.

— Écoute, fit-il d'un ton conciliant, je cherche pas à te casser les couilles, mais dans les salons de ce petit château de merde, il y a ce qui se fait de pire en matière de pègre dans toute l'Europe, sans parler d'Orban, et je veux qu'il y ait quelqu'un de vraiment responsable sur le coup. Ça va mieux comme ça ? Je retourne au bureau pour prendre des nouvelles de Florence.

Brunel ne répondit pas. Il ôtait une par une les feuilles bordées de minuscules épines qui s'étaient piquées à son pantalon. Le commissaire eut pitié de lui, sans toutefois renoncer à enfoncer encore le couteau dans la plaie.

— La fraîcheur des sous-bois, ça peut pas te faire de mal, avec toutes les Gitanes qui t'embrument les poumons !

L'inspecteur referma violemment le coffre de la Peugeot.

— Ainsi va le monde, hein ! Il y a ceux qui viennent faire une cure dans les bois de Chamarande et ceux que le ministère prend pour des cons !

Le commissaire se tourna d'un bloc, comme si une guêpe l'avait piqué, mais avant qu'il puisse agonir Brunel, celui-ci avait enchaîné :

— Pendant que nous on joue les voyeurs, les types du ministère refusent de mettre le téléphone du château sur écoute, ça te semble peut-être logique ? Pour qui on travaille vraiment alors ?...

Lorand ne put qu'encaisser le coup. Il devait admettre qu'il était plus facile de s'en prendre à ceux de son équipe qu'aux Renseignements Généraux, qui étaient en train de tout faire pour lui mettre des bâtons dans les roues. Un carton rouge frappé de caractères blancs et cloué à un chêne avertissait : « Attention, domaine piégé »... Il rajusta sa chemise dans son pantalon et s'installa au volant.

— Brunel... Oublie quand même pas que tu travailles pour moi, hein ?

Il démarra en faisant de la poussière.

La nationale qui ramenait sur Paris était encombrée. Lorand conduisait sans hâte, observant les motards qui, dans le sens opposé, bombaient vers le sud, les vacances et le soleil de la Méditerranée. Il envia ces casques brillants, tous identiques, tous indifférents à ses problèmes. Lui aussi, il aurait pu acquérir une moto et partir, l'Espagne ou l'Italie. Qui l'en aurait empêché ? Certainement pas ses supérieurs. Au contraire. Ils seraient particulièrement soulagés de le voir disparaître dans une période aussi délicate pour les équilibristes de la politique financière… Il alluma la radio, accrocha une station qui diffusait toujours du jazz de qualité et força l'allure.

Il entra dans le bureau et, avant même d'ouvrir la fenêtre pour évacuer les odeurs de cigarette, il prit la bouteille dans l'armoire et se versa un double scotch bien tassé. Il suivit le rituel qui consistait à inspirer le parfum du malt avant de boire. Il appela le bureau des inspecteurs.

— Vous êtes là, commissaire ?… Il y a du nouveau, oui… J'arrive tout de suite.

Devant lui, une demi-douzaine de quotidiens était empilée. Il en déplia un au hasard. En troisième page, un titre retint son attention : « *Les parlementaires italiens dénoncent : la P2 de Licio Gelli est repartie à la conquête du pouvoir.* » Il voulut parcourir l'article, mais à cet instant, un homme entra, une serviette bourrée à la main. Il jeta le journal sur une chaise et dévisagea le garçon qui se tenait devant lui : grand, regard vif, peut-être un tantinet fluet, mais son comportement dénotait enthousiasme et précision.

— Tout d'abord, il y a eu toute une série d'appels des Renseignements Généraux au sujet des demandes du quartier général des carabiniers italiens concernant la disparition de Pagani, Casarin et Raponi. Les R.G. exigent d'être informés du déroulement de l'enquête... Nous avons même eu la direction des Affaires Réservées, ajouta le blondinet d'un ton circonspect.

Lorand le fixait en silence. Il se demandait ce qu'un jeune flic pouvait bien penser de tout cela.

— Et qu'est-ce que vous avez répondu ? Vous n'avez fait aucune allusion aux accords avec la Questure de Florence, j'espère !

— Absolument pas, commissaire. Comme convenu, nous avons répondu qu'il y avait des mesures en cours et que c'est vous qui feriez un rapport.

Le policier semblait embarrassé, sans se décider à parler. Lorand attendit un instant, puis s'impatienta.

— Alors, qu'est-ce qui va pas ?

— Non, rien... juste que... Excusez-moi, commissaire, mais pour tout ce qui touchait au terrorisme, les carabiniers ont toujours été plus efficaces que la police italienne, au moins dans les années passées… Alors je ne comprends pas pourquoi cette fois-ci on ne travaille pas avec eux comme d'habitude.

Lorand allongea la main pour récupérer la serviette et répondit sèchement.

— Parce que les pauvres petites questures risquent le chômage et que nous leur montrons notre solidarité. Ça va comme ça ?

— Bien sûr. Faites comme si je n'avais rien dit, commissaire.

Il leva le regard sur l'autre et toussota.

— Assieds-toi, s'il te plaît. Puisque tu es si malin, pourquoi selon toi est-ce qu'on n'a pas collaboré avec les carabiniers ?

Le policier rougit d'abord puis se ressaisit.

— Je… je crois qu'il y a des circonstances qui nous conduisent à nous méfier d'eux. Il est clair que ce major Santini… C'est un personnage bizarre… Ses relations avec certains groupes et aussi avec ce Brasco, c'est obscur.

— Très bien. Quel est ton nom ?

— Boldini.

— Boldini… Tu es d'origine italienne, non ?

— Oui, mais seulement par mon grand-père.

— Ce n'est pas la peine de te justifier, c'est pas une faute. Bon, maintenant venons-en à ce qui nous concerne.

Le policier se remit immédiatement debout pour ouvrir la serviette.

— Ce matin, Gianni Brasco est allé chez Carmen, à 11 h 30. Il est resté chez elle jusqu'à 17 h, puis est retourné à l'hôtel pour récupérer sa valise et est reparti immédiatement pour Milan dans sa Golf blanche. Il est sous surveillance.

Lorand se gratta le ventre, nerveusement.

— Je m'attendais pas du tout à ça. Alors ces deux-là font partie de la même bande. Je me demande qui c'est qui va en faire les frais… Et elle ?

— On l'a filée jusqu'à la gare, elle a acheté un billet pour Paris. Elle arrivera à la Gare de Lyon demain matin à 9 h 05. Notre auxiliaire a dû abandonner, parce qu'elle craignait d'être repérée.

Lorand se leva et tourna autour du bureau, les mains croisées dans le dos.

— Si seulement on avait un peu plus d'effectif… Et surtout si on avait la voie libre, on pourrait boucler toute l'affaire en trois coups de cuiller à pot. La fille va nous emmener tôt ou tard jusqu'à Raponi et les autres. Ils sont sûrement en train de magouiller quelque chose. Mais celui qui m'intéresse vraiment, c'est Gianni Brasco. C'est lui qui va nous amener plus haut, exactement là où on veut nous empêcher d'arriver.

Le regard du commissaire flottait dans le vide, les mâchoires durcies. Le jeune flic attendit un moment en silence, puis reprit :

— Il y a autre chose, commissaire. Pagani vient de rentrer en contact avec la rédaction d'un journal de Rome. Il a l'air de vouloir organiser une interview, quelque chose de ce genre-là.

Lorand sursauta.

— Le coup de téléphone a pour origine une cabine publique dans le quartier Saint-Lazare. La conversation avec le rédacteur en chef a été courte. Le rendez-vous devait déjà avoir été conclu auparavant parce que à aucun moment il n'a été fait allusion à un endroit ou une date.

— Il faut se mettre en rapport avec les flics de Rome pour obtenir qu'ils surveillent le rédacteur, nuit et jour.

— On l'a déjà fait, commissaire, c'est l'inspecteur Mercier qui s'en est occupé. Ça pourrait créer des problèmes cette histoire, parce que si les carabiniers ont la même idée, il va y avoir beaucoup de monde derrière le journaliste !

Le jeune flic vit les yeux du commissaire se réduire à deux fissures, et il le suivit du regard pendant qu'il contournait le bureau pour retourner s'asseoir. Il savait qu'il avait marqué un point, mais à présent il se sentait tout petit devant Lorand qui le dévisageait avec une expression indéchiffrable.

— Corinne est dans le coin ?

— Oui, commissaire, elle est sortie avec Mercier.

On a repéré deux suspects dans l'affaire Rizzuto.

— Merci, Boldini, on se reverra plus tard. À propos… Est-ce que tu saurais manier des explosifs ?

Le policier resta de marbre et répondit :

— Il y a quelque temps, j'ai parcouru un manuel de guérilla viêt-cong, mais je ne sais pas si…

Un sourire amusé échappa à Lorand.

— Laisse tomber, je plaisantais. Ah, en partant, tu voudrais bien emporter ces tasses, ils veulent pas comprendre qu'il y a des cafards ici !

— Oui, commissaire.

Il s'exécuta avec discipline, refermant la porte derrière lui.

Resté seul, Lorand pencha la tête, dubitatif.

— Oui, commissaire, bien sûr, commissaire. Il va vite en avoir marre de dire oui…

François Lorand avait cessé de fumer depuis désormais dix ans, et soudain, à l'improviste, il ressentait le désir violent d'une cigarette. S'il avait eu un paquet à portée de main, il n'aurait pas hésité à franchir le pas, en jetant par-dessus bord toutes les difficultés qu'il avait connues pour décrocher. Il s'offrit un autre whisky et en le dégustant lentement se mit à faire le point de la situation. Il rassembla rapports, dossiers, chemises cartonnées et se retrouva confronté à une telle quantité de matériel qu'il dut faire un effort pour ne pas tout abandonner et aller retrouver sa fille. Il ne pouvait y avoir de doute, toutes les pistes menaient au château de Gilvoisin, à « l'insigne ami des arts et de la culture », Ruggero Verga, qui, même s'il employait comme chauffeur un homme directement impliqué dans le meurtre de Rizzuto, se sentait visiblement à l'abri de toute poursuite. À la Brigade Criminelle, Mercier piaffait d'impatience pour inculper les tueurs et Lorand avait dû faire des pieds et des mains pour l'empêcher d'aller coffrer le chauffeur homme à tout faire. Ils avaient en face d'eux une organisation puissante, dont le représentant en France était indubitablement Ruggero Verga. On accumulait des milliards grâce aux trafics d'armes et de drogue, et on n'hésitait pas à infiltrer des groupes extrémistes, aussi bien de droite que de gauche, qui faisaient office d'épouvantails et de boucs émissaires aux yeux de l'opinion publique et des forces de l'ordre. Gianni Brasco était la preuve vivante de sa théorie : il collaborait aussi bien avec les services italiens qu'avec les français, infiltrait les ex-brigadistes rouges réfugiés en France et avait organisé plusieurs attentats revendiqués par les « Cellules Révolutionnaires Internationales ». Conjointement, il restait en contact avec les groupes de droite financés par la mafia, tout le monde jouissant de protections au niveau politique…

Le menton appuyé sur les mains jointes, François Lorand devait admettre que le fauteuil de commissaire commençait à lui brûler les fesses. Il suffisait de réfléchir un peu sur cette affaire pour que les plus belles certitudes volent en éclats devant ses dimensions incontrôlables. Des faits, il ne restait alors que de misérables hypothèses, peut-être le fruit d'un cerveau en manque de vacances. Même si la galerie de portraits échappait à toute équivoque, il avait le pressentiment qu'on attendait qu'il donne un simple coup d'épée dans l'eau : quelques seconds couteaux resteraient accrochés au filet, comme Brasco ou les tueurs de l'avocat, pendant que les requins passeraient tranquillement au travers des mailles. En outre, combien de temps pourrait-il résister aux pressions des R.G. ? Il eut la tentation de s'adresser directement au ministère et d'étaler au grand jour tout ce qu'il savait, mais il écarta bien vite la proposition. Il était sûr qu'on lui aurait signifié son retrait immédiat de l'enquête, du moins la véritable enquête, et qu'il aurait fallu se replier sur Raponi et Cie, ne serait-ce que pour justifier l'existence de la Section Antiterrorisme. Et lui, en dépit du fauteuil, n'était pas disposé à faire le larbin pour qui que ce soit.

La sonnerie du téléphone le sortit de ses rêveries. Brunel.

— Lorand ? Je parie que t'as les pieds sur la table et un verre à la main.

— Sois bref, quoi de neuf ?

— Devine un peu qui est arrivé au château ?

— Écoute, je suis pas en forme pour les devinettes, alors fais pas chier et accouche !

— O.K., te fous pas en rogne, c'est nous qui sommes en train d'en baver… Il y a le grand patron des Affaires Réservées qui s'est pointé au château, et la belle Orban est allée ouvrir la portière de sa voiture. Ils se sont quasiment roulé une pelle, t'aurais vu le tableau !

Lorand resta de glace, il n'y avait que sa main qui tâtonnait jusqu'au verre de whisky.

— Vous avez pris des photos ?

— Notre artiste a mitraillé comme un dingue. Si c'est aussi merdique que la dernière fois, on est mal barrés…

— Brunel, dès qu'il va faire nuit, deux techniciens vont arriver chez vous. Vous les aiderez à remonter la ligne téléphonique jusqu'au poste de raccordement le plus proche. Attention de pas vous faire repérer avec les torches électriques.

— Des écoutes abusives… Ça risque surtout de nous attirer un tas d'emmerdements.

— Je crois pas qu'ils voudront porter les bandes au tribunal. Surveille tout ça de près, Fred.

Rappelle-toi que tout le monde est mouillé dans cette histoire et que ça risque de faire mal, alors pas de conneries.

L'action redonnait force et conviction à François Lorand. Peu après, il croisa Corinne dans un couloir de l'étage.

— La secrétaire du psychiatre a fini par se mettre à table. Elle a identifié sur photo le chauffeur de Verga comme un des deux types qui étaient dans le bureau de l'avocat le soir du crime. En fait, elle avait cru entendre un coup de feu et elle avait entrouvert la porte du palier quand ils sont sortis. Elle a une trouille bleue qu'il lui arrive quelque chose, il a fallu lui promettre une protection.

Lorand se surprit à détailler le physique de Corinne et il se reprit avec une voix autoritaire.

— Et Mercier, qu'est-ce qu'il veut faire, maintenant ? Il veut encore tout foutre en l'air en allant arrêter le chauffeur ?

— Jean-Pierre n'est pas aussi borné que ça, sourit-elle, il faut savoir le prendre. Ce qui l'a mis définitivement de notre côté, c'est la visite des Affaires Réservées au château.

Il n'aima pas la manière dont elle avait dit « Jean-Pierre ». Il retourna vers son bureau et elle le suivit.

— Tu as l'air fatigué. Il y a plus rien à faire ici pour le moment, pourquoi ne viens-tu pas dîner chez moi avec ta fille, ce soir ? La pauvre, elle a passé tout le week-end enfermée…

Lorand ouvrit et referma deux tiroirs.

– D'accord, dit-il sans la regarder, je donne encore un coup de fil et on passe la prendre.

Elle s'éloigna et il eut le sentiment qu'elle accentuait le balancement des hanches.

20

La golf filait sur l'autoroute à plus de cent cinquante. L'homme avait le regard fixe, hypnotisé par les lignes blanches qui délimitaient les voies. De sa lèvre inférieure, il humidifiait ses moustaches qu'il mordillait ensuite poil par poil. Il avait quitté Milan très tôt, mais la déviation pour Marseille l'avait retardé. Il était impatient d'arriver le plus vite possible à Paris. Sans raison précise. Simplement pour mettre une distance entre lui et les événements des jours passés. Il se massa le front, le rétroviseur lui renvoya l'image d'un visage fatigué, soucieux.

Deux heures pour me livrer, ces connards, pensa-t-il, furieux.

Il leva le pied pour ramener la vitesse à cent dix. Trop idiot de se faire pincer pour excès de vitesse. Une Fiat Tempra gris métallisé le dépassa. Gianni Brasco ne remarqua pas la courte antenne noire sur le toit et alluma une des cigarettes qu'il avait roulées en faisant la queue pour la douane. Il aspira la fumée douceâtre, alluma la radio et apprécia le rythme monotone du rap, qui l'aidait à ne pas penser. La campagne française était plate, dépeuplée, et aussi ordonnée qu'un jardin anglais ; les vaches étaient trop blanches et trop vaches, rien à voir avec les rudes zébus sud-américains. Soudain, il n'avait plus la même hâte, Paris lui semblait maintenant trop près du reste de l'Europe. Et puis, il n'y avait pas la mer à traverser.

À 8 h 30, il avait atteint la Porte d'Italie. Il y avait peu de circulation : les Parisiens n'avaient pas encore décidé de quitter les plages. Il s'engagea sur le périphérique ouest et sortit sur le boulevard Murat, trois kilomètres plus loin. L'été se faisait aussi sentir à Paris, à sa manière. Pas la canicule méditerranéenne qui faisait regretter l'hiver, mais une tiédeur estivale qui tournait au frais dans la soirée et faisait seulement regretter la veste oubliée chez soi. Toute l'année, il avait attendu cette période afin de jouir du calme insolite qui règne dans certains quartiers peu fréquentés par les touristes, mais le diable lui jouait un sale tour et il avait en tête d'autres préoccupations. Il vira dans la rue de la Muette, absolument déserte, et n'eut aucun mal à se garer. Le 12 bis était un immeuble luxueux du seizième arrondissement.

Le sac était pesant, il le posa avec précaution devant la porte vitrée pour chercher la clé. Le concierge l'observait mais ne se précipitait pas pour l'aider, comme il le faisait avec les autres locataires. Depuis le début, un rapport d'antipathie répiproque s'était installé entre eux. Brasco savait que le gardien le considérait comme un intrus dans ces lieux bon chic bon genre et il avait définitivement cessé de le saluer.

Il referma la porte derrière lui et poussa un soupir de soulagement. Son appartement vaste et lumineux le remplissait d'un certain orgueil. Rien à voir avec les sordides studios qu'il avait jadis était contraint d'occuper, dans ces années où l'on pouvait gaspiller beaucoup plus de paroles que d'argent. Il se laissa choir sur le divan de cuir beige et retira ses chaussures, en caressant du regard le somptueux mobilier. Somptueux et coûteux. Bien sûr, par moments il aurait aimé partager ses trésors, mais on ne peut tout avoir, et les gens offrent plutôt leur amitié à ceux qui savent prendre en pitié les misères d'autrui.

Il aurait dû s'occuper immédiatement du contenu du sac, mais il n'en avait pas la moindre envie. Pour l'instant, il suivait à la lettre le vieux dicton mexicain : « *hay más tiempo que vida* ».

C'est en pensant au Mexique qu'il opéra un retour dans le temps, quand il avait nourri l'illusion de pouvoir échapper au major Santini et continuer tranquillement son petit trafic entre la Colombie et les États-Unis. Il y serait peut-être parvenu s'il n'avait montré une telle naïveté vis-à-vis de Karl. L'Allemand semblait avoir une position exceptionnelle, ses contacts avec un cartel qui fournissait tous les dealers de cocaïne de Santa Marta jusqu'à la Sierra Nevada lui donnaient accès au trafic, au vrai. Finie l'époque des demi-kilos dissimulés dans des bombes aérosol, à présent la « perica » voyageait comme des sacs de patates. Finie l'époque où il fallait fréquenter tous ces déchets qui le réveillaient à trois heures du matin pour un misérable gramme. À présent, les livraisons s'effectuaient en plein jour, munies d'un éventail complet de bons de chargement et de déchargement, tandis que lui passait les douanes-propre et net comme n'importe quel homme d'affaires. Encore quelques mois ainsi et il aurait filé en Nouvelle-Zélande avec le magot.

Il avait compris trop tard que les choses ne se passent jamais comme elles devraient se passer. Son ascension dans le monde des trafiquants n'était pas due au hasard. Tout avait été minutieusement programmé pour le faire rentrer dans le giron du major Santini Ettore.

Brasco eut un regard désemparé vers le sac noir. Il se leva, alluma la télévision et coupa le son ; il s'était trompé en pensant que les feuilletons mexicains étaient encore plus stupides que ceux qu'il voyait en Europe. Il se roula une cigarette et replongea dans ses souvenirs.

Maintenant que la couleuvre était avalée, il devait reconnaître que Karl avait agi en véritable professionnel. Il sourit en revoyant leur première rencontre. Il était arrivé à Playa Azul vers dix heures du soir. Il avait rendez-vous le lendemain matin avec un surfiste gringo qui devait lui prendre cent grammes, à cinquante dollars le gramme. Il avait imaginé que le bord de mer au long de l'interminable plage accueillait autre chose qu'une rangée de baraques pouilleuses. Fatigué et affamé, il s'était arrêté devant l'unique enseigne lumineuse, à l'effigie de la « *Cerveza Tecate* ». Il avait fallu se rendre à l'évidence, le seul plat disponible se composait d'un morceau de viande fumée accompagnée d'une salade de chou cru. Après quelques bouchées difficiles, il avait décidé de renoncer au repas, sans parler des trois vachers ivres de la table voisine qui commençaient à invectiver le *maldido gringo que no quiere nuestra sabrosa comida*. Il allait abandonner la place quand Karl, un échiquier entre les bras, l'avait rejoint à sa table pour lui demander s'il était intéressé par une partie et un verre de bière. Brasco était resté impavide. Jusqu'alors il n'avait pas remarqué le personnage étrange que, dos à lui et le chapeau de paille sur la tête, il avait confondu avec un Mexicain. Pourtant, il n'y avait aucun doute, même avec son teint très hâlé et son parfait accent sud-américain, l'homme était bien un Occidental. Pendant un instant, il avait même cru qu'il s'agissait de son client. Brasco possédait quelques notions d'échecs, et, poussé par la curiosité, il accepta l'offre. Après les dix premiers coups, il comprit que son adversaire lui était nettement supérieur. Pendant qu'il se creusait la cervelle pour tenter de sauver sa reine, l'autre avait sorti une enveloppe et après y avoir plongé le pouce et l'index, il avait bruyamment reniflé. Une façon de sniffer typique de ceux qui ont fréquenté les *cocinas* colombiennes. Karl avait ri, amusé par son air stupéfait.

— Allez, amigo, c'est de la pure *conchita rosa*... Celle-là, t'en trouveras pas tous les jours.

— Et il avait raison, murmura Brasco, renonçant à la télévision pour une cassette d'Oscar de León.

Le sac noir attendait, mais il n'était pas pressé.

La coke de Karl était vraiment d'une qualité rare. On n'y décelait pas la moindre acidité, un régal pour les pauvres narines irritées par les odeurs d'éther. Il prétendait l'avoir préparée lui-même, en suivant la vieille tradition indienne : on laisse les feuilles macérer vingt jours dans un trou creusé en terre et, à la place du kérosène, on provoque la réaction chimique avec la poudre d'un certain coquillage qui donne l'aspect rosé caractéristique.

— Les Indiens ? Je croyais que la cocaïne était un produit récent, occidental ?

— C'est là que tout le monde se trompe. On croit que c'est les Gringos qui ont inventé la poudre, mais c'est une erreur. Est-ce que tu as visité le musée d'anthropologie de La Paz ? Il y a la preuve de ce que j'avance. Ils ont retrouvé des lignes de cocaïne fossilisées, prêtes à l'usage, avec les instruments adéquats. Les Incas avaient pas attendu les Américains pour découvrir cette merveille !

Ensuite, il s'était mis à divaguer au travers d'un discours mystico-philosophique sur l'usage de la drogue, où la fabrication du crack était une insulte aux dieux antiques qui se vengeraient avec « le massacre de milliers de gringos sacrilèges ».

Aujourd'hui Brasco se demandait si l'Allemand pensait sincèrement ce qu'il disait ou s'il ne faisait que tenir un rôle écrit à son intention. Il s'était en tout cas laissé convaincre, sinon par les convictions de Karl, du moins par les alléchantes promesses de gain. Le lendemain matin, évidemment, aucune trace de son client, sans doute n'avait-il même jamais existé.

Il aurait dû suspecter le double jeu mené par Karl, mais les revenus énormes et les relations de premier choix qu'il lui procurait l'avaient conduit à ne pas s'attarder trop sur les questions que glissait l'Allemand au sujet de quelques Italiens réfugiés au Mexique. Que Karl fût un militant en marge de la Fraction Armée Rouge, il l'avait plus ou moins saisi à travers son évocation des années de plomb, mais de là à soupçonner qu'il s'agissait d'un repenti manipulé…

Leur histoire avait probablement suivi des chemins parallèles, avec peut-être la différence que si Brasco avait d'abord promis sa collaboration aux carabiniers avant de disparaître, Karl s'était totalement investi dans son rôle d'agent multiple. À l'époque, il occupait déjà un rang non négligeable au sein de l'organisation internationale qui, grâce au trafic de cocaïne, finançait des activités d'espionnage ou de sabotage, notamment parmi les « Contras » du Nicaragua.

À présent, Brasco ne consommait plus de drogue, même s'il pouvait s'en procurer n'importe où, et à volonté. En Europe, il pensait qu'il n'y avait pas de place pour les paumés. On y était naturellement schizophrène.

La pizza qu'il avait commandée par téléphone venait d'arriver. Il y avait trop de fromage et la pâte était mal cuite. Il en mangea moins de la moitié et jeta le reste à la poubelle. Il retourna s'allonger sur le divan, en s'interrogeant sur le sort de son vieil ami allemand. Il n'était finalement pas pire que tant d'autres, et il restait vrai qu'il lui avait permis de ramasser un paquet de dollars. Maintenant que le sandinisme avait perdu la partie, on l'avait peut-être expédié au Salvador, songeait Brasco sans nostalgie excessive. Et lui, pendant ce temps-là, il devait chaque jour inventer les soi-disant « Cellules Révolutionnaires », dont aucun ex-compagnon ne voulait évidemment entendre parler. Deux années d'efforts n'avaient pas permis de réunir plus de cinq ou six éléments qui peinaient à apparaître en organisation terroriste internationale. Le major Santini et ses patrons ne voulaient rien savoir. Peureux, le temps s'était arrêté à la lupara[1] sicilienne, et les mesures d'exception s'avéraient toujours indispensables pour couvrir ces activités qui, selon eux, permettaient de sauvegarder les « valeurs de la République ». Brasco était conscient que les choses ne pouvaient aller ainsi de l'avant pendant longtemps. Les soupçons de la police française se faisaient toujours plus précis et elle agissait maintenant sans référer aux supérieurs : le coup de filet de Valenciennes en était l'illustration. Lui, au fond, n'avait fait qu'exécuter les ordres. Au Mexique, il était parvenu à repérer les exilés italiens, et après une série de manœuvres pour le moins complexes, avait réussi à

1. Fusil à chevrotines pour la chasse au loup. Symboliquement, l'arme traditionnelle du passé.

provoquer le retour de Raponi en France. Une forte tête, qui, dans l'esprit des autres, représentait l'élément idéal susceptible de reformer un groupe terroriste à donner en pâture à l'opinion publique. Le problème était que Raponi semblait avoir oublié toute velléité révolutionnaire et ne montrait plus le moindre enthousiasme pour la lutte armée. Le travail d'infiltration effectué de l'autre côté de l'Océan n'avait donc pas vraiment porté ses fruits. En outre, Ruggero Verga était sous le coup d'une enquête et, pour finir, Santini avait refusé de le rencontrer personnellement à Milan. Gianni Brasco ne se sentait pas du tout en sécurité. Peut-être aurait-il dû disparaître une nouvelle fois, pendant qu'il était encore temps, mais s'ils l'avaient à nouveau épinglé, pour lui, cela aurait signifié la mort.

La sonnerie du téléphone ne le tira pas complètement de sa torpeur. Machinalement, il tendit le bras et décrocha. La voix de Piero était plus aiguë qu'à l'ordinaire.

— Pourquoi tu m'as pas appelé ? Tu dois être arrivé depuis un moment !

— J'allais le faire.

— Tu parles. À ce qu'il paraît, il y a du boulot de prévu et d'après ce qu'on m'a dit, il y aurait plutôt urgence !

— On dirait que t'as pris du galon… Ils te contactent directement.

— Peut-être parce que tu roupilles un peu ces derniers temps…

Brasco eut une envie terrible de le frapper.

— O.K. Raccroche ton putain de téléphone et passe chez moi dans deux heures exactement.

Il prit rapidement une douche et se rhabilla, tout en passant en revue les derniers événements. On commençait à douter de son efficacité, c'était clair. Pourquoi sinon auraient-ils informé directement Piero au sujet de l'attentat, alors que cela relevait normalement de ses attributions ? Il prit le sac et le porta jusqu'au bureau. Il rabattit les persiennes et alluma une lampe. Il saisit le boîtier enveloppé de papier cadeau. Il l'ouvrit délicatement et en soupesa le contenu.

Plus d'une livre, pensa-t-il.

Au travers de l'enveloppe en plastique transparent, on apercevait les gros cristaux blancs de la pentrite, un explosif à haute vitesse de déflagration. Dans les poignées du sac, il récupéra les trois détonateurs électriques qu'il posa à l'autre bout de la table. Il eut envie de rouler une cigarette mais renonça. Ce n'était pas vraiment le moment de fumer. Dans un tiroir, il pêcha un réveil de plastique, démonta le cadran et ôta l'aiguille des heures et celle des secondes, attentif à ne pas abîmer celle des minutes. Ensuite, il fixa une vis sur le numéro 12 et une autre sur le 6, de façon à pouvoir la détacher au moment opportun. Avec un câble électrique de petit diamètre, il relia la vis du chiffre 12 à l'aiguille momentanément bloquée par l'autre vis, exécuta un branchement identique avec les fils du détonateur, puis fixa les extrémités du premier câble aux bornes d'une pile de 9 volts. Le timer était prêt. Il suffisait de libérer l'aiguille pour qu'elle se mette en marche, et trente minutes après, vienne entrer en contact avec la vis du haut, fermant ainsi le circuit électrique. Par prudence, il déconnecta une des bornes de la pile. Ensuite, à l'aide d'un pointeau, il perça deux trous dans le boîtier métallique pour y faire passer les fils. Il glissa le sachet de pentrite à l'intérieur, referma hermétiquement, et avec du ruban adhésif fixa le système de minuterie sur le côté de la boîte. Il prit l'ensemble entre les mains, et examina le résultat, plutôt satisfait. Quand il songeait à tous les minuteurs de premier choix dont il pouvait disposer, tout ce bricolage lui semblait absurde, mais il était invraisemblable que le terrorisme d'extrême gauche utilise du matériel issu des laboratoires militaires. Un petit détail qui aurait achevé de tromper les enquêteurs si on avait retrouvé trace du réveil.

Un travail propre, rapide et aux conséquences claires. C'étaient les ordres, sans réplique.

Pourtant, Brasco n'était pas homme à rester passivement au garde-à-vous, et, sans oser mettre en question l'opportunité de l'attentat, il avait fait remarquer que sa tâche se limitait à la réalisation technique de l'opération, et que les répercussions n'étaient pas de sa responsabilité. L'homme l'avait observé avec un sourire qui lui déformait à peine les lèvres. Brasco avait soutenu le regard, et l'autre, abandonnant son fauteuil, avait fait le tour du bureau pour venir se planter devant lui. L'allure d'un jeune cadre lombard, avec un rien d'éducation militaire. Brasco l'avait imaginé parfaitement à son aise dans un uniforme bien repassé. Après un silence hostile, l'homme avait baissé le ton.

— Je fais référence aux nécessités de l'heure. Il faut accaparer l'attention du SAT avec une enquête de terrain, plus à leur niveau ; une action de diversion dont la responsabilité retombe immédiatement sur les trois réfugiés qu'on n'arrive pas à récupérer. Cela nous permettrait de faire pression sur ceux qui veulent clore le chapitre du terrorisme avec une amnistie pour les délits politiques. Donc, le résultat dépend exclusivement du choix de l'objectif. Et cela fait partie de votre travail, à ce qu'il me semble.

Brasco avait dû admettre qu'on l'avait convoqué uniquement pour recevoir des ordres et que ses problèmes, en face de son interlocuteur, avaient une importance nulle. Au moment de sortir, il s'était retourné d'un bloc.

– Pour quelle raison le Major refuse-t-il de me voir ?

– Je n'en ai pas la moindre idée, avait répondu l'autre, en feignant un air surpris.

Il tournait autour du salon, les lumières encore éteintes. D'un côté ou l'autre de la barricade, il en savait maintenant assez pour flairer l'odeur du danger, et les jours passés semblaient dessiner les préludes de la tempête. Derrière la perquisition dans le bureau de Rizzuto, il y avait Claudio Raponi, et celui-ci n'avait rien à foutre des investigations des camarades sur la mafia. C'était lui que cherchait Raponi, lui, « Perico »... En outre, il avait commis une grosse erreur en interrogeant Carmen, il n'avait réussi qu'à éveiller ses soupçons. Il décida de porter dorénavant une arme en permanence.

On sonna à la porte. Piero avait dix minutes d'avance. Il n'avait jamais compris pourquoi il éprouvait une antipathie aussi marquée pour l'ex-terroriste sud-tyrolien[1]. Parmi tous les membres des « Cellules Révolutionnaires », il était le seul à connaître son rôle véritable, et même en lui apportant un soutien discret, il devenait pour Brasco toujours plus malaisé de tirer

1. Allusion aux groupes autonomistes du « Alto Adige », (région de Trente), qui veulent être rattachés au Tyrol autrichien.

l'autre d'affaire pendant les réunions avec les autres « camarades » : il pouvait dire une telle quantité de conneries sur la « nécessité stratégique de frapper l'impérialisme expansionniste » que même les plus bornés n'arrivaient pas à digérer le discours.

— Ciao. Un de ces jours, je vais lui filer une trempe à ton concierge. À chaque fois, il fait semblant de pas me reconnaître, juste pour me casser les couilles !

— T'as la chance de passer facilement inaperçu, ricana Brasco.

L'autre laissa échapper l'ironie et alla directement au bar. Une familiarité qui devenait insupportable.

— Tu m'expliques le coup de téléphone ?

Piero reposa le verre.

— Qu'est-ce que tu veux dire ? Qu'est-ce qu'il avait mon coup de téléphone ?

— Tu te prends pour qui à appeler comme ça ?

— D'abord, j'ai rien dit de spécial, et puis tu sais très bien que la ligne ne peut pas être mise sur écoute.

— Qui est-ce qui te l'a dit, ta sœur ? rétorqua Brasco, méprisant, tu crois que t'es sous la protection du petit Jésus ?

Piero se taisait. Le coup de gueule l'avait remis à sa place et il attendait maintenant les instructions pour le nouveau « programme ».

Brasco écrasa furieusement son mégot dans le cendrier et se brûla les doigts. Sans adresser un seul regard à l'autre, il exposa lentement son plan concernant le prochain objectif.

21

Ils étaient assis face à face. Derrière le bar, le garçon de café les observait sans oser approcher de leur table. Elle discourait sans interruption, puis, à l'improviste, elle s'épuisait et se taisait, sans voix. Claudio lui souriait, les mâchoires contractées. Elle suivit des yeux la main livide qui avançait lentement vers son visage, et cette main semblait appartenir à un mort. Lui, avec le même sourire figé, lui caressait les cheveux et le cou, puis une grimace horrible brilla sur son visage et les doigts s'étaient transformés en une serre glaciale qui l'étranglait. Elle eut encore le temps de voir que tous les clients étaient maintenant revêtus de l'uniforme de la police et qu'ils les entouraient en ricanant. Elle se réveilla, et se priva du plaisir de comprendre qu'il ne s'agissait que d'un cauchemar.

Elle s'était assoupie à son insu. Peut-être la fatigue du voyage, ou l'impossibilité de réfléchir. Elle se frotta les yeux, gênée par la lumière chaude de l'après-midi qui filtrait à travers les rideaux usés. Elle se leva paresseusement et alla se rafraîchir le visage sous le robinet. Évitant soigneusement le miroir, elle se coiffa avec les mains. Elle avait versé une semaine d'avance pour la chambre, sans trop savoir pourquoi, peut-être seulement pour se contraindre à rester jusqu'à la découverte d'une issue.

Au type de la réception qui lui avait demandé deux fois si elle était seule, elle avait répondu comme une jeune fille qui attend un fiancé sans trop y croire. Il n'avait pas semblé croire qu'une femme comme elle puisse connaître de tels problèmes. L'hôtel n'était pas misérable, ni trop luxueux, le genre d'endroit qu'on choisit à défaut de mieux.

Elle avait le sentiment d'une solitude absolue. Les hôtels avaient aussi cette fonction-là, révéler au visiteur sa véritable nature. Elle n'était pourtant pas venue effectuer une retraite spirituelle.

Elle posa son sac sur le lit, et sortit ses vêtements qu'elle disposa soigneusement sur la couverture. Elle fit le tour des différentes combinaisons possibles entre les robes et les chemisiers. Pour une fois, le noir ne dominait pas. Elle se reprocha le peu d'attention qu'elle avait porté à son bagage, puis l'interpréta comme un signe du destin.

Carmen n'avait établi aucun plan d'action et ne savait même plus avec certitude ce qu'elle désirait. Les décisions inébranlables finissaient en lambeaux pour se recomposer diversement à chaque saute d'humeur. Elle pensait parfois qu'il fallait tenter l'impossible pour rencontrer Claudio et en finir une fois pour toutes avec cet insupportable climat de défiance ; puis, quelques instants après, elle allumait une cigarette en se répétant qu'après tout, elle n'avait joué aucun rôle dans cette histoire et qu'il ne devait s'en prendre qu'à lui-même s'il s'attirait les ennuis comme le miel attire les mouches. Et pourtant, elle était dévorée par l'envie d'être auprès de lui, de franchir le rempart dont il s'entourait et qui, ces temps derniers, avait encore gagné en épaisseur. Et puis, il était de son devoir de lui dire… de le mettre en garde, pardessus tout de lui démontrer qu'elle n'était pas la cause de ses problèmes, comme il s'obstinait à le croire.

Elle s'accouda à la fenêtre, face à la place grouillante de monde. Elle resta appuyée à la rambarde, la tête vide et le regard poursuivant les passants anonymes. Au début, elle les perdait de vue presque immédiatement, puis peu à peu, elle parvenait à saisir suffisamment de traits concernant la silhouette et les vêtements pour les retrouver, même après avoir fermé les yeux pendant plusieurs secondes.

Elle connaissait Claudio, elle le connaissait au point de pouvoir mettre le doigt sur son inconstance. Quand il se prenait au sérieux, il se fiait totalement à son instinct, ce qui pouvait l'emmener très loin des objectifs initiaux. Il s'était planqué, avec Orazio et Bob. S'ils avaient pris tous trois une décision identique, il ne pouvait y avoir que deux raisons à cela : soit ils se sentaient traqués, soit ils avaient décroché pour agir en toute sécurité. Dans les deux cas, il y avait peu de chances qu'ils aient laissé une trace derrière eux. Sans oublier qu'elle-même pouvait devenir un fil conducteur, non seulement pour la police, mais encore pour quiconque aurait l'intention de retrouver Claudio.

Elle frémit à l'idée d'être à l'origine d'une nouvelle catastrophe : elle était probablement surveillée, et même s'il s'agissait d'une paranoïa, elle devait se comporter comme si la chose était vraie. Elle ferait les choses au mieux. Elle n'avait jamais complètement perdu certains réflexes des années écoulées et se targuait souvent auprès des compagnons de sa capacité à flairer la présence de l'ennemi. Elle savait qu'il ne disparaissait que pour mieux vous tomber sur le dos. Elle-même, en fait, ne se sentait pas personnellement en danger, donc il lui fallait davantage se fier à la tête qu'à l'instinct. Elle était certaine que les trois fugitifs n'avaient pas quitté Paris : pour passer inaperçu, il n'y avait pas de meilleur endroit que la capitale. En outre, elle savait que, dans ce type de situation, ils auraient choisi de se disperser, règle minimale de sécurité. Elle décida de se mouvoir en plein jour, tant qu'elle n'aurait pas flairé une piste. Alors, d'une façon ou d'une autre, elle ferait en sorte de s'affranchir d'une éventuelle filature. Elle se mordilla les lèvres, mais arrêta aussitôt. C'était un tic qu'elle avait hérité de Claudio.

Elle eut envie d'une bonne tequila. À proximité, sur le boulevard Montparnasse, elle trouva El Pacífico, un tex-mex où elle et Claudio n'avaient jamais réussi à trouver une table libre. De toute façon, un Herradura Blanco se consommait au bar, avec une demi-fesse sur le tabouret. On y respirait de vagues relents mexicains et personne ne s'occupa de la fille qui s'envoyait une tequila en début d'après-midi, même si l'ambiance était déjà chaude.

Elle se sentit bien, prête à l'action. Elle réprima l'envie d'examiner les alentours, puisqu'elle avait décidé de tout ignorer pour l'instant. Elle décida ainsi d'appeler Nando, directement du bar.

C'était l'époque des vacances, de la mer et du farniente, mais pour les compagnons exilés à Paris, ce n'était que la même existence imposée, et Nando ne faisait pas exception à la règle.

Parmi les derniers inculpés d'un des multiples procès intentés à la lutte armée, il avait réussi à passer en France, et, à part quelque incursion obligée en banlieue, il n'avait jamais, en cinq ans, quitté Paris. Quand le téléphone sonna, il était en slip, en train de se rouler un joint. Il fut surpris d'entendre la voix de Carmen à l'appareil. Il avait un problème avec les femmes. Elles lui téléphonaient rarement.

— J'ai compris, beauté, tu n'es pas là pour moi.

Elle trébucha sur les mots. Elle s'était montrée trop empressée et savait qu'elle ne lui était pas indifférente.

— Tu as raison, Nando, excuse-moi… On ne pourrait pas se voir une minute ? Je voudrais te parler.

Il rit avec humour, en vrai Romain.

— *Ma come no !* Passe chez moi, tu connais l'adresse ?

— Je ne suis pas sûre de m'en rappeler.

Nando lui fournit les indications nécessaires, en lui conseillant de renoncer aux minijupes si elle voulait arriver indemne jusqu'à lui.

Carmen descendit une station avant l'arrêt. Depuis longtemps, elle avait envie de passer sous les énormes structures de métal bleu du pont de Tolbiac. Elle traversa à pas lents, s'arrêtant pour regarder les péniches noires qui remontaient la Seine, chargées de sable. Le fleuve et la voie ferrée enfermaient dans un angle un groupe d'immeubles délabrés, dont plusieurs étaient déjà démolis tandis que les autres semblaient repousser la gueule ouverte des bulldozers. Les murs étaient totalement recouverts de dessins ou d'inscriptions aux couleurs hurlantes, l'ultime rempart des squatters parisiens. Elle regarda encore le pont, le fleuve, les voies ferrées et les brèches dans les immeubles squattés ; il lui sembla que le monde entier, du moins celui qui comptait pour elle, se trouvait enfermé là, dans un Paris ouvert comme une blessure et qui devait disparaître. Elle reprit son chemin, en marchant vite pour combattre la mélancolie. Carmen n'avait jamais vécu dans un immeuble occupé de la sorte, ni d'ailleurs dans un environnement comparable, mais c'est avec des gens de cette race-là, de ceux qui vivaient encore dans ces immeubles, qu'elle avait parcouru les plus belles années de sa vie : ces terribles et si douces années 70.

L'endroit où logeait Nando, en dépit du quartier, s'apparentait presque à un appartement. On avait balayé les escaliers récemment et il y avait des vitres aux fenêtres. Il avait substitué des sièges normaux aux habituels coussins et les posters sur les murs faisaient montre d'un certain goût. Le seul dont l'esthétique semblait discutable concernait les luttes des prisonniers. Il devina la question et y répondit avec un sourire un peu amer.

— Celui-là, je l'ai simplement affiché pour conserver un semblant d'identité, mais tôt ou tard, il faudra que je le balance avec celui de Lénine.

Elle l'embrassa gentiment sur les joues et le complimenta pour la décoration.

— Pour le temps que ça durera. Je crois que cette fois-ci, on va y avoir droit, aux bulldozers. Tous ces pauvres types qui s'étaient installés là, qui avaient même fondé une famille...

Carmen ne fit pas de commentaire. Après tout, Nando profitait d'un appartement des plus convenables. Même si le statut de réfugié était un obstacle supplémentaire à la recherche d'un travail, sa famille lui venait en aide et, comme beaucoup d'autres compagnons installés à Paris, il pouvait disserter sur la misère humaine en prenant une certaine distance... Elle connaissait parfaitement les pourquoi de certains choix, mais quelque chose en elle refusait de les accepter.

Nando servit le café, serré, à l'italienne.

— Les premiers temps, j'habitais dans le centre, je m'emmerdais un maximum. Puis je suis sorti avec une fille qui fréquentait des squatters, un autre monde par rapport aux fantômes de mon immeuble, et alors on est venus s'installer là. Cela fait quatre ans, à présent.

— Et la fille ?

Nando éclata de rire, en balançant vers l'arrière.

— Elle a pas supporté le climat. Elle est retournée immédiatement dans son grenier de Saint-Michel.

— On m'a dit que ta situation en Italie n'était pas très grave et que si tu rentrais spontanément, tu éviterais peut-être la prison…

— Et qu'est-ce que tu veux que j'aille foutre en Italie ? Visiter les cimetières ? Le plat de spaghettis, je peux me le faire ici comme ailleurs. Là-bas, j'ai plus que ma famille. Les amis que j'avais, ceux qui sont pas encore morts, sont en train de se dézinguer à l'alcool ou l'héroïne, les autres sont en taule ou quelque part autour du monde avec un mandat au cul… Laisse tomber. Donc… Malheureusement, j'ai aucune nouvelle de Claudio et Bob. Par contre, il y a deux jours, Orazio est allé voir un ami, mais ensuite il a encore disparu. Ce qui m'a surpris, c'est un coup de téléphone de Brasco, il voulait des nouvelles de Claudio, il a un peu trop insisté. J'ai pas souvenir qu'ils se fréquentaient tant que ça…

Carmen pâlit.

— Qu'est-ce que tu lui as dit ?

— Brasco, j'ai jamais pu l'encadrer, alors que dalle. J'ai répondu que j'en savais moins que lui.

— Écoute, Nando, il faut absolument que tu fasses parvenir un message à Claudio, c'est important, insista Carmen.

Cherchant une piste, elle jeta :

— Il serait pas chez son amie algérienne ?

Il eut un air amusé.

— Tu es jalouse ?

— Non, répondit-elle sèchement. C'est pas ça qui me préoccupe.

Nando s'agita avec nervosité. Il cherchait à fuir son regard, tout en sachant qu'il n'aurait pas tenu longtemps. Il lâcha donc, rageusement :

— Écoute, j'y comprends rien. Je sais pas ce qui se passe, et sincèrement je préfère pas le savoir. S'ils ont décidé de se barrer, il doit y avoir une raison, et il faut la respecter.

— Mais qu'est-ce que tu crois ? J'ai les mêmes intentions que toi !

— À part que tu cherches Claudio et pas moi ! répondit Nando, le visage sévère.

Il finit pourtant par se radoucir.

— Bon… comme on pouvait le prévoir, il y a Orazio qui laisse des traces sur son passage… J'essaierai de savoir s'il a dit quelque chose. Je te tiens au courant demain matin, si tu me donnes un numéro où t'appeler.

— Surtout pas, répondit-elle, excitée, prenons directement un rendez-vous quelque part…

22

Raponi suivit des yeux le mégot qui s'éloignait au fil de l'eau. Avec une vieille chemise de Ramiro sur le dos, il passait inaperçu aux yeux des ouvriers qui s'attardaient encore sur la berge.

Depuis qu'il était hébergé sur la péniche, il choisissait soigneusement le lieu et l'heure de ses sorties. Il ignorait encore la durée de son séjour et jugeait préférable de ne pas se faire repérer.

Il ne pouvait détacher les yeux des eaux jaunâtres du fleuve, qui avançaient tout en restant immobiles. Il cessa de penser à Orazio et à la discussion qu'ils avaient eue au Thermomètre, et commença à danser. Avec la tête, naturellement, l'unique danse qu'il connaissait. Il dansait entre les statues de cire qu'il avait érigées depuis des années, chacune à la place qu'il lui avait assignée, et qui n'opposaient aucune résistance à ses gymkhanas cérébraux, en dehors de quelques rares moments de rébellion.

Ramiro l'inquiétait. Bien qu'il s'obligeât à le voir tel qu'il était, il savait avoir affaire à un homme sans âge. Avec lui, la vie n'était qu'un jeu, un jeu qu'il fallait mener jusqu'au bout. Au début, Raponi s'était senti découragé par le mutisme du vieux, puis il s'était aperçu qu'en fait ce n'étaient pas les sujets de conversation qui manquaient. Ramiro, simplement, n'avait pas besoin de parler. Ainsi, aucun d'eux ne devait mentir.

La veille, il avait examiné la liste de noms que lui avait remise Pagani. Il manquait celui de Carmen, et il l'avait ajouté à la fin, pour n'exclure personne de la liste des suspects. En opérant un classement par catégorie à risques, il restait avec six noms possibles à coller sur le délateur. Pendant qu'il les copiait sur un ticket de métro, Ramiro avait fait sonner la cuillère dans la tasse de thé.

— Avec ce que tu viens de faire, t'iras pas loin. À moins que tu croies dur comme fer aux calculs de probabilité.

La réflexion avait surpris Claudio. Il l'avait regardé en silence, mais il aurait souhaité que Ramiro s'explique, ne serait-ce que pour abandonner son langage essentiellement gestuel.

Il éprouvait de l'admiration pour lui, mais en même temps ce mode de vie axée sur la solitude l'exaspérait. Il aurait voulu exprimer que l'existence qu'il avait choisie, lui, était aussi une façon de rester seul, mais qu'il se foutait de savoir s'il y avait une quelconque sagesse dans ce choix. Il aurait voulu expliquer… Mais il ne pensait rien de plus de Ramiro. Et sa tête se mettait à danser.

Même quand il avait tout son temps, il ne pouvait se contraindre à marcher lentement. Quelques minutes après, il était de retour sur la passerelle et reconnut le rire de Jacques. Ils parlaient peut-être de lui, mais il n'en avait cure. Il entra, et ils se saluèrent d'un regard. Sur une chaise, il vit une chemise, un jean et une paire de Clarks.

— Ça te va comme tenue ?

Il remercia et emporta le tout jusqu'à sa cabine. Quand il revint, Ramiro s'était levé pour prendre congé.

— Vous avez à parler et j'ai du travail sur le pont.

Jacques croisa rapidement le regard de Claudio et son index levé bloqua le vieux au seuil de la porte.

— T'as décidé de te mettre à la retraite ou quoi ? On préférerait que tu restes… Peut-être même que tu pourrais apprendre quelque chose.

Ramiro joua l'offensé puis revint s'asseoir à la table, sans hésitation.

— Allons-y, voyons un peu qui doit donner des leçons !

Jacques reprit un air sérieux.

— Il s'agit du coup à Chambéry, commença-t-il en s'adressant au vieux. J'en ai déjà parlé avec Claudio, mais il fallait encore vérifier certaines informations que Rizzuto nous avait gentiment confiées.

— Alors, qu'est-ce qu'il en dit, ton éclaireur ? demanda Claudio, les yeux mi-clos, attentif.

— En gros, il y a la possibilité de mettre la main sur le pognon, sans bien sûr connaître à l'avance le montant exact. « Beaucoup de fric, rien que des dollars », comme bafouillait un avocat qui chiait dans son froc.

— On a besoin de combien d'hommes, d'après toi ?

— Je pense qu'on peut mettre ça au point aujourd'hui. C'est pour ça que j'ai demandé à Ramiro de rester. J'ai confiance dans son opinion.

— Allons-y, raconte-nous ce que vous avez vu à Chambéry.

Jacques avait su flairer le gros coup et il était parvenu à extorquer à Rizzuto quelques détails qui semblaient plus ou moins authentiques. L'argent destiné aux banques suisses arrivait ponctuellement à Chambéry le premier et le troisième vendredi de chaque mois, et la consigne s'effectuait dans une agence de voyages que l'avocat ne connaissait pas, ou que dans un sursaut de courage, il avait refusé de nommer. Cependant, après avoir localisé l'origine de tous les numéros de téléphone trouvés sur l'agenda de Rizzuto, Jacques avait repéré l'agence « Atlas Voyages », avenue de la Gare à Chambéry. La disposition des lieux permettait une surveillance aisée du local, mais depuis le premier vendredi, ils s'étaient aperçus que leurs renseignements étaient partiellement erronés. L'avocat avait prétendu que la valise était apportée par Sotie Orban, escortée d'un seul homme qui pouvait changer à chaque livraison, mais ce jour-là, on n'avait pas vu la secrétaire.

Deux vendredis plus tard, une des hypothèses soulevées par Raponi s'était révélée juste. Après l'affaire Rizzuto, l'organisation avait jugé préférable de retirer son mandat à Sofie Orban pour confier la charge à trois hommes susceptibles d'affronter un imprévu... La seconde journée de planque avait fourni des résultats ; à 12 h 30, une employée fermait le magasin et s'en allait déjeuner. Cinq minutes avant 13 h, deux hommes arrivaient devant l'agence, l'un d'eux avec une Samsonite beige à la main. Pendant qu'on leur ouvrait de l'intérieur, un gorille aux cheveux en brosse se tenait quelques mètres plus loin, la main enfoncée dans la poche. À peine une minute s'écoulait avant que les trois hommes s'engouffrent à l'intérieur.

– On a attendu que les trois types repartent, mais jusqu'à six heures, aucun mouvement. Il valait mieux qu'on laisse tomber la surveillance, même à tour de rôle, ça devenait risqué.

Jacques fit une pause pour allumer une cigarette. Ramiro, qui semblait somnoler, intervint à l'improviste.

— Et si l'agence communiquait avec un appartement ?

— Gagné. On a vérifié, répondit Jacques.

La pièce s'enfumait doucement. Ramiro alla ouvrir un hublot et le clapotis de la Seine se fit plus proche. C'est Claudio qui rompit la trêve.

— Il faut donc les surprendre dans la rue, avant que le fric aille disparaître à l'intérieur… Dommage, il va falloir sortir le grand jeu. J'aurais préféré éviter de canarder en pleine ville.

— Sans parler des patrouilles de la police, on est juste à côté de la gare, ajouta Jacques.

— Et les bloquer avant leur arrivée en ville ? jeta Ramiro.

— Trop compliqué. Cela voudrait dire un ou deux mois supplémentaires de préparation, et à part le risque d'être repérés, on est pas non plus assurés qu'ils continuent d'utiliser la même filière pour passer le fric. La conclusion, c'est qu'il faut agir le prochain vendredi, si on est dans les temps.

Jacques déploya une carte routière sur la table. Ils firent le tour des diverses voies de dégagement qui s'offraient à eux après le braquage.

Chambéry était à peine plus qu'un gros village et, en cas de dérapage, l'air y deviendrait vite irrespirable.

Deux heures plus tard, ils avaient dressé un plan d'action. Quatre hommes étaient indispensables, une voiture, une bicyclette et des habits de randonneur. S'il ne s'avérait pas nécessaire d'ouvrir le feu contre une éventuelle patrouille de police, la bicyclette permettrait à l'homme de couverture de s'éloigner discrètement, tandis que, dans le cas contraire, il serait récupéré par la voiture.

Claudio revoyait mentalement toutes les phases de l'opération. Il fut parcouru d'un frisson ; c'était toujours ainsi quand le passage à l'acte était décidé et n'était plus qu'une question de temps. Jadis, il serait mort plutôt que d'admettre la peur, mais il avait compris par la suite que ce n'était qu'une manifestation de prudence et de responsabilité par rapport à soi-même. Il avait ainsi appris à se méfier des esbroufeurs de tout poil, qui se proclamaient prêts à tout, et qui au moment de vérité sombraient dans la panique parce qu'ils découvraient trop tard que porter une arme était une chose terrible, infiniment grave, qui donnait la mort. Claudio n'aimait pas tirer, en dépit de la réputation qu'on lui avait faite. À l'époque de la lutte armée en Italie, il lui était arrivé de risquer très gros pour ne pas avoir ouvert le feu sur des inconscients qui, au lieu de lever les mains, les posaient sur la crosse du pistolet. La véritable menace était toujours livrée par le regard, et il savait évaluer d'instinct la possibilité d'éviter une mort inutile.

Les trois hommes s'épiaient, plongés dans leurs mondes intérieurs. Dans d'autres circonstances, ils auraient mis sur pied un tel projet sans préambules excessifs, l'expérience et la détermination de chacun s'avérant suffisantes pour assurer le résultat, mais pour quelque motif incertain, les choses prenaient un pli insolite, comme si l'action en elle-même primait le butin à ramasser.

— Il est vrai que je n'aurai aucune participation directe, commença Ramiro en fixant les deux autres, mais puisque vous m'avez invité, je voudrais faire deux réflexions. Avant tout, vous devez être prêts à utiliser les armes. Ce sont pas des employés de banque, ces types-là, et s'ils se font piquer l'argent, ils savent ce qui les attend… Ensuite, si tout se déroule bien, eh bien, il faudra fuir, loin et vite, parce que cette fois il ne s'agira plus d'une simple histoire d'extradition.

Pour la première fois, Ramiro évita le regard de Claudio et alla refermer le hublot. Jacques était incommodé par cette tension, qui risquait de compromettre la confiance. Il rit, bruyamment, avant de relancer Claudio, un brin provocateur.

— Et alors, où est le problème ? Par rapport à tous les coups foireux que vous avez pu organiser, toi et ta bande de terroristes, ça devrait être une promenade de santé !

— En fait, je ne vois aucune difficulté insurmontable, mais Ramiro a visé juste… Cela dit, un braquage peut être plus compliqué qu'un spectaculaire attentat. Même si c'est seulement pour quelques minutes, il faut occuper un territoire et le tenir jusqu'à la fin de l'opération, tandis que, dans l'autre cas, l'action même et la fuite se jouent en quelques secondes et…

— Tout ça, on le sait déjà, coupa Jacques, avec un ton railleur qui voulait assainir l'atmosphère.

— Bon, on va s'envoyer une bière, proposa Claudio en allant ouvrir le frigo.

— Sans moi. Je pense que maintenant, ma présence n'est plus indispensable…

Le vieux se dirigea vers l'échelle qui menait au pont supérieur.

— J'aimerais que Bob soit avec nous. Tu l'as vu ce matin ?

Jacques vida son verre avant de répondre.

— Il est venu tout seul au Thermomètre, comme convenu. Il est inquiet au sujet d'Orazio. Apparemment, il s'est trouvé une bonne planque, mais il va se faire repérer vite fait. Je le savais qu'avec vous, la discrétion ça durerait pas… Tous ces braillements sur l'amnistie, ça pouvait pas attendre un peu ?

Claudio demeurait partagé ; devant lui, il avait un complice, un vrai, de ceux qu'on ne rencontre qu'une fois, mais qui appartenait à un univers parallèle au sien. En arrière-plan, il y avait les compagnons camarades, ceux pour lesquels l'action politique restait un devoir moral.

— J'ai pas le courage de remettre en question ses décisions. Il est convaincu qu'une porte s'est enfin ouverte pour sauver une génération perdue, des milliers d'hommes et de femmes égarés à travers le monde… sans parler de ceux qui croupissent dans les prisons démocratiques depuis désormais quinze ans. Je le sais qu'il risque gros en sortant à l'air libre, mais Orazio, c'est le seul qui ait toutes les cartes en main pour mener à bien le dernier combat…

— Et tu crois qu'ils le laisseront faire ? Vous avez paumé, votre révolution est morte dans les prétoires de tribunaux et il y a pas de place pour les perdants, nulle part, surtout pour ceux qui veulent pas lécher les pompes des vainqueurs. L'État, il en a rien à foutre des palabres d'Orazio sur la reconnaissance politique du mouvement, il va lui rire au nez… ou le faire descendre.

Claudio, un sourire ambigu aux lèvres, se taisait. Bob avait longuement discuté avec

Jacques, c'était clair. Il l'interrogea, du plus sérieusement qu'il put.

— Tu as toujours été aussi optimiste ou c'est tout récent ?

— C'est depuis que je t'ai rencontré, avant je me faisais chier à mourir…

— Comme ça, tu as un prétexte supplémentaire pour continuer à te mettre dans la merde…

Jacques lui tendit le doigt du milieu.

— Alors, qu'est-ce que t'en penses de la participation de Bob ?

— J'y avais pensé, mais je voulais que ce soit toi qui le proposes. Si lui accepte d'assurer la couverture, je procure le chauffeur, un volant de première bourre.

Un autre frisson parcourut l'échine de Claudio. Jacques entreprit un inventaire froid et détaillé de l'arsenal qu'ils emporteraient, digne d'un commando palestinien. Un léger vent s'était levé, apportant par bouffées éparses l'odeur du vernis que Ramiro passait sur les boiseries extérieures. Assis l'un en face de l'autre, poussés par la même impulsion, ils levèrent la tête ensemble pour s'observer mutuellement. Les traits de leurs visages étaient relâchés, immobiles, mais leurs yeux semblaient dilater le champ de vision autour d'eux. On n'entendait pas le moindre bruit.

Jacques devait retourner à Paris. Le lendemain, il fallait partir pour Chambéry et il restait un certain nombre de choses à régler. Ramiro l'attendait sur la passerelle. Ils s'embrassèrent chaleureusement, puis Jacques s'éloigna sur la berge, sans qu'ils aient échangé une parole.

Sur le fleuve, les nuits sont fraîches, même l'été. Raponi, assis sur le pont, fumait en regardant les lumières de la ville se noyer dans un voile opaque. Il sentit que Ramiro s'approchait, mais attendit qu'il se fût installé à ses côtés avant de se tourner vers lui.

— J'ai compris ce que tu ressentais, mais il ne suffit pas de retirer la passerelle pour être coupé du monde. Même d'ici, on entend grouiller la foule.

Il parlait d'une voix sans timbre et n'attendait pas de réponse. Le vieux se pencha en avant pour se masser lentement les reins. Là, dans l'obscurité, Raponi réalisa qu'il pourrait être son grand-père. Un drôle de pépé.

— Non, je n'ai jamais réussi à fuir ailleurs. À présent, tous les peuples se ressemblent, alors ce genre de solution appartient au passé. Moi, simplement, je reste ici, à écouter les bruits du fleuve, qui ne sont pas les mêmes que de l'autre côté du quai. À mon âge, je n'arrive même pas à dépenser l'argent qui me reste, mais je m'offre le luxe de gaspiller mon temps avec des rêves qui ne sont plus les miens. Malheureusement, ce n'est pas facile d'envier votre sort, à toi et à Jacques, et à tous ceux qui vous ressemblent. Le monde a changé sans vous demander la permission et vous êtes encore jeunes, alors ça veut dire qu'ils vous supporteront pas longtemps… Ils vous enverront sur la planète Mars !

Il rit doucement de son bon mot. Raponi ne disait rien. Il ne voulait pas le suivre sur ce terrain, la philosophaillerie ne lui avait jamais rien apporté. Pourtant, une nuit comme celle-là semblait parfaitement convenir à une beuverie, ou du moins à des propos d'ivrogne, tant Ramiro respectait une abstinence sans faille…

On entendit le ronflement d'un moteur. Une petite embarcation remontait le courant, les deux occupants saluèrent d'un geste mou.

— La relève de l'écluse, il doit être onze heures, fit Ramiro en répondant d'un léger signe de tête avant d'étouffer un bâillement.

Tout en continuant à scruter les ténèbres, il demanda :

— Le Mexique, c'est comment ?

— Grand.

— Et tu as eu peur de t'y perdre ?

— Je m'y suis un peu perdu.

— Pas suffisamment, vu que t'es revenu ici chercher les emmerdements.

Claudio comprit que son retour en France apparaîtrait toujours comme une décision insensée. Sur l'instant, le mur d'argumentations qu'il avait érigé vacilla sur ses bases, il se sentit un pauvre type anonyme, semblable à ceux qui cherchaient le sommeil là-bas, perdus dans les ombres de la ville. Il voulut trouver un cliché facile, de ceux qui font toujours effet, mais il savait que Ramiro était au-delà de ce système et préféra s'abstenir.

Plus tard, il parla longtemps, racontant sa vie au Mexique par épisodes, à mesure qu'ils lui venaient à l'esprit. Un fil conducteur se dessinait peu à peu, à travers une série de diasporas, au long des romantiques aventures d'un trio étrange composé de Carmen, Claudio et d'un troisième homme.

— Il y a pas de salut nulle part, tout ce que je touche se met à pourrir instantanément. Alors j'ai eu peur que mon Mexique me pourrisse dans la tête, et j'ai fui pour me poursuivre moi-même… et pour la poursuivre, elle aussi.

Claudio parlait maintenant pour lui seul. Dans l'obscurité, Ramiro ne pouvait voir ses yeux humides, mais il en avait pourtant honte, et d'une voix rauque, il ajouta :

— Maintenant, on est en France, et j'ai plus qu'un compte ou deux à régler avant de…

Le courage et les paroles lui manquèrent pour achever la phrase. Ils se levèrent ensemble pour rejoindre les cabines. Claudio suivait les mouvements lents mais sûrs du vieux qui le précédait. Avant de se quitter, l'autre demanda sournoisement :

— T'en es où de ta liste noire ?

— J'ai encore quatre noms, mais j'ai peur de devoir en supprimer un avant demain.

— Peur ? répéta Ramiro sans changer d'expression.

Claudio baissa la tête et se tortura le menton entre le pouce et l'index. À mesure qu'il croyait approcher du délateur, une sorte de paresse mentale l'envahissait, qui l'empêchait de réfléchir. Il dut faire un violent effort de synthèse.

— En ce moment, j'ai le sentiment d'être dans la peau d'un automate… et pourtant, les choses continuent d'avancer. Je ne voudrais pas me faire surprendre par des conclusions trop artificielles. Dans cette histoire de traître, on peut même dire qu'il s'agit d'un authentique provocateur, je me suis contraint à ne laisser personne de côté, j'ai voulu être le plus objectif possible, et maintenant je me retrouve avec trois suspects sur les bras et, parmi eux, il y en a deux que j'aurais pas voulu trouver là… Cela aurait été moins douloureux.

Dans le lit, il alluma la dernière cigarette de la journée. Il voulait renoncer aux habituelles spéculations et dormir le plus vite possible, mais il ne put s'empêcher de revoir l'étrange reflet qu'il avait cueilli dans un miroir, un peu plus tôt. Son nez semblait s'être allongé et incurvé et, dans son visage, il n'avait aperçu aucune trace de bonheur. Ensuite, sans avoir sommeil, il s'endormit.

23

Le rendez-vous était fixé à l'entrée du métro Arts-et-Métiers, ce vieux quartier central où les odeurs de « couscous et de chameau » étaient à l'origine d'une des crises de xénophobie du maire de Paris. Les ruelles, qui se dispersaient de chaque côté du boulevard de Sébastopol, bruissaient d'une foule aux accoutrements bigarrés ; le cœur de la ville battait jour et nuit, au rythme des horaires imposés par la productivité occidentale.

Carmen était arrivée en avance et pour que sa fébrilité ne soit pas mise en évidence, elle s'était déplacée sur le trottoir d'en face. Elle avait passé la journée entière à l'extérieur, marchant au hasard des rues, à la découverte de perspectives inédites. Au pied d'un vieil escalier en pierre, elle avait mangé une crêpe trop sucrée arrosée d'une bière ; à plusieurs reprises, elle avait contrôlé ses arrières, pendant qu'elle contemplait les vitrines. En dépit d'une sensation trouble, elle n'avait pu détecter aucune filature et, peu à peu, le temps lui était devenu insupportablement long.

Elle reconnut immédiatement l'allure indécise de Nando au milieu du flot qui jaillissait à la surface ; elle traversa la rue pour aller à sa rencontre, tentant de déchiffrer dans son sourire une réponse à son angoisse.

— Tu attends depuis longtemps ?

— Non, je viens d'arriver. Alors, y a-t-il des bonnes nouvelles pour une âme en peine ? dit-elle avec une ironie peu naturelle.

Nando feignit de ne pas relever et, lui passant un bras sur les épaules, la complimenta sur sa beauté. Elle eut un geste brusque pour se cacher le visage entre les mains.

— Merci, Nando, mais je t'assure que ce n'est pas la peine… Je suis complètement défaite et je n'en ai même pas honte.

— N'exagère pas ! Si tu n'es pas pressée, on pourrait aller prendre un verre et discuter tranquillement.

— D'accord. Tout près d'ici, il y a un endroit sympathique, une vieille brasserie avec les tables serrées les unes contre les autres, j'y suis allée il y a quelques mois avec Bob.

— Je vois, un de ces trucs branchés où on te fait cadeau de rien, même pas des vieilles odeurs de moisi.

— La bière vaut vingt-cinq francs, et ça fait un demi-litre.

— Un demi-litre, alors ça va, s'exclama Nando en claquant la langue avec ostentation.

Le Bar'agoin n'était qu'à deux cents mètres, au milieu de la rue Tiquetonne. Des groupes de jeunes Noirs étaient plantés au milieu de la voie, comme s'il était exclu qu'un véhicule y passe. L'un d'eux leur agita sous le nez deux pochettes en papier bourrées de marijuana.

— Non merci, je ne fume que du persil, rigola Nando.

Carmen, bien qu'elle eût autre chose en tête, ne put que remarquer combien la désinvolture africaine résistait à toutes les cultures. À cette heure-là, l'établissement n'était pas encore bondé. Ils trouvèrent de la place à l'extrémité d'une double rangée de massives tables en chêne, le genre de local où il fallait détourner les yeux pour éviter le regard des consommateurs installés en vis-à-vis. Nando étudia le visage des quelques clients, des jeunes à l'expression morne ou encore des yuppies occupés à étaler leur exubérance naturelle. Il ébaucha une grimace méprisante, mais avant qu'il puisse ouvrir la bouche, Carmen l'arrêta.

— Quelle importance… Il faudrait que tout le monde te ressemble, nous ressemble ? Toujours la même hargne pour démasquer les apparences, toujours à couper les poils de cul en quatre…

Nando se relâcha et s'offrit une longue gorgée de bière.

— C'est vrai qu'on s'agite tous comme des dingues… Notre problème, c'est qu'on est plus au centre de l'attention générale. Ils nous avaient tellement corrompus en Italie… Chaque jour, trois ou quatre pages de journaux bourrées de conneries sur notre mission révolutionnaire, et maintenant il faut rester ici, à tout supporter, sans même pouvoir gueuler « bande de connards » !

Carmen écoutait, sans le regarder. Il progressait ainsi sur le mode de l'ironie, mais elle devait admettre la justesse de ses paroles, jusqu'à la nausée. Elle ressentait la fatigue des jours passés et, avant de devoir repousser les larmes, elle voulait au moins écouter ce que Nando pouvait lui apprendre sur Claudio, l'homme qu'elle aimait.

Il eut pitié d'elle, et il n'avait plus rien à dire qui puisse la tenir encore en haleine. Elle était maintenant sans défense et le maquillage léger du matin avait disparu de son visage. Elle n'aurait pas supporté une seconde de plus les invectives habituelles contre la société. Nando l'observait d'un air triste. Il lui semblait impossible qu'une femme comme elle puisse mentir, et pourtant…

— Qu'est-il arrivé d'aussi terrible entre toi et Claudio ? fit-il à l'improviste, sans la quitter des yeux.

Carmen eut un sursaut, son regard se fit dur.

— Pourquoi tu me demandes ça ?

— J'en sais rien, moi j'ai des consignes à respecter… je veux dire que de la part de Claudio, te tenir à distance me semble représenter davantage qu'une simple mesure de sécurité. Il y a quelque chose de plus grave.

— Tu l'as vu, tu lui as parlé ?

— Non, mais c'est que… on dirait qu'il veut pas te voir. En résumé, il a fait savoir qu'il s'agissait d'une question épineuse, que pour l'instant il ne peut fournir aucune explication et qu'il devait prendre des initiatives à ce sujet. Je t'en ai déjà trop dit.

Elle n'éclata pas en sanglots, comme elle l'avait pensé. Elle tourna la tête et s'alluma une cigarette avec des gestes mécaniques, exhalant deux ronds de fumée vers le plafond, puis posa enfin sur Nando un œil rageur et impuissant, tandis qu'il prenait l'air idiot du type qui s'est montré indiscret sans le vouloir.

Carmen fit un effort pour se taire. Elle se concentra sur le spectacle de la brasserie, qui se remplissait peu à peu ; à la plupart des tables, on consommait en silence et seuls quelques clients parlaient à voix basse, comme dans une église. Le seul qui paraissait vraiment s'amuser était un gros serveur aux cheveux roux qui abordait les clients avec une déférence si excessive qu'il parvenait à arracher quelques rires.

Carmen écrasa dans le cendrier la cigarette à peine allumée.

– Avec Claudio, il y a eu une longue histoire à trois… Tellement intense et bourrée de contradictions qu'encore aujourd'hui, je me demande comment elle a pu traverser toutes ces années. Chacun de nous en est sorti vaincu, de la même manière. C'était comme payer un tribut au Mexique, un tribut complaisant mais aussi un peu satanique. Neuf années qui pour Claudio se sont conclues par son arrestation à Paris, dans des circonstances pas vraiment claires.

Nando l'épiait et n'osait plus respirer, craignant de l'interrompre au moment où il allait comprendre ce que jusqu'alors il n'avait jamais pu approcher. Il y avait la nécessité absolue de définir le rôle de Carmen depuis le début. Elle se contorsionna sur sa chaise et continua :

– Qu'est-ce que tu espères que je vais t'apprendre ?… Que ce n'est pas moi le salaud que vous êtes en train de chercher ? Que je suis malade à la pensée que Claudio puisse me soupçonner ? Qu'est-ce que ça peut te foutre ?… Tu veux juste savoir à qui t'as affaire, hein ? Comment je peux t'expliquer que t'as rien à craindre ? Que si j'ai besoin de le voir, c'est pas seulement pour moi, c'est aussi dans l'intérêt de tout le monde ?… Voilà, maintenant tu fais comme tu veux.

Les larmes lui inondèrent le visage, elle ne fit rien pour les empêcher de couler, espérant une réaction.

— Ou alors, vous êtes tous fous ! Ce fantôme de traître c'est qu'une parano, vous savez plus quoi inventer !

Carmen s'essuya le visage du dos de la main.

— Non. Non. C'est ce que je croyais moi aussi il y a encore quelques jours, mais aujourd'hui je suis certaine que c'est pas vrai. Il y a quelqu'un qui pourrait vous faire un tas de problèmes… surtout à Orazio, Bob et Claudio. Faut pas me demander pourquoi, je pourrais pas te dire, mais je sais que c'est comme ça.

L'effort d'avoir pour la première fois parlé en toute franchise l'avait épuisée, et elle ne pouvait éviter de songer avec répugnance à ses rapports passés avec Gianni Brasco. Elle alluma une autre cigarette. Nando tripotait son verre sans dire un mot, sentant instinctivement qu'il pouvait se fier à elle mais hésitant encore à assumer une telle responsabilité. Il décida de s'en tenir aux informations qui ne pouvaient nuire à personne.

— Claudio s'est planqué dans les environs de Paris et c'est un ami à lui qui assure le contact ; pour le moment, c'est impossible de le voir parce qu'il est parti avec Bob, où et pourquoi, je ne sais pas. Il sera de retour dans deux jours au maximum et alors je te promets de faire tout mon possible pour organiser une rencontre.

Il avait craché le morceau d'un trait, comme s'il lui fallait libérer sa conscience au plus vite. Il commanda deux autres bières. Elle voulut refuser, mais la présence sympathique du serveur la fit changer d'opinion.

— Si tu n'as rien de prévu, on peut passer la soirée ensemble, fit Nando avec son sourire d'adolescent.

Carmen sourit à son tour.

— D'accord, c'est peut-être mieux. J'ai pas envie de rester encore seule.

Pendant qu'ils marchaient sur le trottoir en se tenant par le bras, elle lui demanda :

— Brasco s'est encore manifesté ?

Il la dévisagea et, après une hésitation, répondit négativement.

Le lendemain matin, elle fut réveillée par le fracas d'une stéréo minable poussée au-delà de ses possibilités. Nando, recroquevillé sur un matelas gonflable étendu à même le sol, souleva la tête pour lâcher d'un air excédé :

— C'est ce cul-terreux de Nigérien qui me fout Fela Kuti tous les jours.

Il se renfila la tête sous les bras. Carmen le regarda avec une certaine tendresse. Elle lui était reconnaissante de ne pas avoir tenté de faire l'amour avec elle, et passer la nuit ainsi lui avait été bénéfique. Assise sur le lit, elle évoqua nonchalamment ces années où finir dans le lit d'un ami ne signifiait pas nécessairement « baiser », où la nature du rapport était avant tout érotique et ne se concluait pas obligatoirement par un accouplement. Mais la déroute était passée par là aussi, et on s'était débarrassé, en même temps que de l'espérance libertaire, des quelques conquêtes gagnées sur le terrain du plaisir. Les féministes ne criaient plus dans les rues de la ville mais dans les foyers domestiques, contre les enfants et les maris récalcitrants ; et les compagnons, ceux qui avaient partagé cette liberté, avaient simplement disparu. Il arrivait qu'elle-même s'agrippât de plus en plus souvent à ces valeurs bourgeoises qu'elle avait jadis rejetées avec force.

Toutefois, elle se sentait en de meilleures dispositions que la veille. Elle avait pris une décision et c'était quelque chose d'important. Elle fit un café sans réveiller Nando. Ensuite, elle prit une longue douche et se maquilla avec grand soin.

24

— Quelle connerie de gaspiller du temps et des explosifs pour faire péter une baraque vide… Ce mec-là, il faudra qu'on se le fasse un jour ou l'autre, tu verras, parce qu'on finira par l'avoir sur le dos…

Brasco ne l'écoutait même pas, il suivait simplement des yeux la trajectoire de la cigarette de Piero qui agitait la main tout en parlant. Quand, inévitablement, les cendres chutèrent sur la moquette immaculée, il eut un regard si meurtrier que l'autre se tut instantanément.

Il lui appartenait en principe de rédiger la revendication de l'attentat contre la maison de campagne du juge Lebon, mais Piero faisait de la résistance, prétendant que, puisqu'il mènerait l'action à son terme, il ne voulait pas être exclu de la « gestion publique ». Après deux heures d'altercations et d'argumentations qui n'avaient pas fait évoluer d'un millimètre leurs positions respectives, la tension montait inexorablement.

Brasco voulait en finir avec ce qu'il considérait comme une farce nécessaire mais fastidieuse. Sans la présence de Piero, il aurait bouclé en une demi-heure la rédaction du communiqué.

– Arrête de m'emmerder ! C'est moi qui décide ce qu'il faut faire ou pas faire et n'essaie pas de changer un seul mot du tract, t'as compris ?

Il alla s'asseoir en cherchant à se calmer. Pour éviter tout malentendu, il fallait pourtant que Piero soit bien conscient de l'opportunité de l'action.

– C'est pas croyable que t'aies une vision des choses aussi limitée ! Il s'agit d'une action purement démonstrative, spectaculaire, s'il y avait des victimes, ça déclencherait les grandes manœuvres chez les poulets, et ils sont pas assez cons pour se laisser tromper par quelques apparences... Ils chercheraient les véritables exécutants, jusqu'au bout... O.K., Marcel Lebon, c'est le juge de pointe dans l'antiterrorisme, une grande salope, mais t'imagines un peu ce qui se passerait si ça se terminait par un carnage ? Parce que dans la maison de Versailles, il y va avec toute la famille, le juge !

Brasco ne regardait même plus. Avec une expression écœurée, il poursuivit :

– Tu crois vraiment qu'il faut avoir des couilles pour placer une bombe dans un train de voyageurs ? Tu crois qu'à l'Antiterrorisme, ils savent pas faire la différence entre ceux qui pratiquent la lutte armée et les autres ?

Il faillit ajouter autre chose, mais préféra se taire. Piero ne disait plus rien. Avec le tract de la revendication, il ramassa les cendres tombées à terre et les vida dans le cendrier. Le téléphone sonna.

— Allô… c'est toi ? Mais où es-tu ?… non, attends-moi au bar, j'arrive tout de suite. Il y a un café au coin de la rue.

Brasco raccrocha et resta un moment planté à côté du téléphone. Ensuite, il s'adressa à Piero en se mordant les moustaches.

— Écoute, j'ai une visite inattendue que je comprends pas très bien… Il vaudrait mieux que tu emportes tout le matériel maintenant. Prends soin du paquet. On a tout mis au point, non ?

Piero acquiesça, tandis qu'il rangeait soigneusement l'engin dans une sacoche.

— Rendez-vous à l'endroit habituel après le coup ? fit-il, la main sur la poignée de la porte.

Son regard était vide. Avant de répondre, Brasco le fixa durement.

— Faites gaffe aux plaques de la voiture, c'est pas le moment d'avoir la flemme, je veux qu'on laisse aucune trace.

Piero disparut sans le moindre salut. Brasco se versa un Pernod qu'il siffla en trois gorgées.

Ensuite, il se roula cinq cigarettes d'avance, mit une paire de lunettes sombres et sortit à son tour.

Brasco ne pénétra pas immédiatement dans le bar et, à travers la vitre, il tenta d'apercevoir Carmen. Il la vit enfin, installée à une table. Seule. Un ficus feuillu la mettait à l'abri du soleil en jouant avec des reflets qui oscillaient entre l'or et le jade. Figé devant la devanture, il goûtait la sensation douce des nerfs qui se relâchaient, une onde qui partait du cou et des épaules pour aller palpiter jusque dans son ventre. Il la désirait, il n'avait jamais pu le nier, pas même lorsqu'il s'efforçait de ne voir en elle qu'une source d'informations, à l'intention d'un officier des carabiniers s'apprêtant maintenant à se débarrasser de lui comme d'un sac-poubelle. Il se recoiffa d'une main et entra avec assurance dans le bar. Elle l'avait vu arriver, mais au lieu de regarder vers lui, elle fit semblant de chercher quelque chose dans son sac à main, et ce n'est que lorsqu'il se planta devant la table qu'elle leva les yeux en esquissant un sourire.

— Tu es splendide ! Ce chemisier à fleurs, ça me rappelle le Mexique. C'est par hasard ou tu l'as fait exprès ?

— Il fait chaud, tu ne trouves pas ? Presque aussi chaud qu'à Mexico, le matin où par ta faute, j'ai dû raconter un gros mensonge à Claudio.

Brasco secoua la tête en s'efforçant de produire un sourire complice.

— Si je me souviens bien, tu n'as pas dû te forcer beaucoup pour jouer la comédie… Dans l'état où il était, de toute façon, tu n'avais pas le choix. Laissons tomber tout cela. Qu'est-ce qui t'amène ?

Le garçon attendait la commande. Un Martini dry pour elle, un café pour lui.

— Pourquoi je suis ici ? J'en sais rien moimême. J'aurais pas supporté de rester à Florence une minute de plus… Mais j'ai l'impression de mal tomber, tu as une femme à la maison ?

— Non, absolument pas. Mon appartement est simplement dans un état ! Quand tu as appelé, j'étais en train de donner quelques ordres à la femme de ménage. Tu es venue à Paris… rien que pour moi ?

— Tu bois du pastis avec la femme de ménage ?

Carmen se sentait en pleine forme, tous ses moyens mobilisés pour anéantir les défenses d'un Brasco qui lui paraissait soudain vulnérable. Elle sirota un trait de Martini et confia d'un ton léger que les motifs de son voyage étaient divers : elle avait eu le sentiment qu'ils étaient tous sous la menace d'un danger et, en outre, elle trouvait injuste que Claudio l'eût écartée de la sorte.

D'un côté, il se sentit rassuré, mais en même temps troublé par ces explications assez peu plausibles. Tandis qu'il souriait sans mot dire, elle croisa les jambes d'un mouvement plein d'élégance et il ne put empêcher son regard de glisser entre les cuisses gainées de soie. Il voulut la mettre au lit, tout de suite, et il chercha frénétiquement une solution. Carmen, sans lui prêter attention, observait distraitement les alentours. Elle s'assombrit d'un coup, mais prit une voix sensuelle pour s'adresser à lui.

— Dis donc, tu te serais pas mis à trafiquer de la coke même ici, en France ?

— Mais non, il manquerait plus que ça, rétorqua-t-il, surpris.

— Et alors, ceux-là, qu'est-ce qu'ils veulent ?

D'un signe de tête, elle montra le bar puis le trottoir d'en face où un type lisait le journal, appuyé contre un poteau de stationnement. Brasco suivit des yeux les indications de Carmen et se raidit. Flics, police, poulets, sans même le bénéfice du doute. Il chercha une cigarette et, d'une voix sans timbre, lui demanda :

— Tu te les es traînés au cul ?

— Non, mon chéri, ils se sont pointés derrière toi, je peux te l'assurer, fit Carmen, sourire amoureux et regard fulgurant.

Brasco s'empêcha de tourner la tête dans l'espoir illusoire que les deux hommes aient disparu et qu'il s'agisse d'une hallucination provoquée par la tension du moment. Il comprit sur-le-champ que Carmen n'avait aucune raison de mentir. La panique déferla en vague, et il chercha impulsivement le portefeuille pour régler l'addition et déguerpir. Elle, pourtant, souriait toujours, imperturbable, et blessé dans son orgueil, il s'obligea à retrouver son calme. Il commanda sèchement un Pernod, s'excusa auprès d'elle d'un mouvement d'épaules...

Il fallait, d'une façon ou d'une autre, qu'il sache s'il était bien la cible, ce qui aurait signifié deux choses : ses protecteurs l'avaient abandonné, ou bien leur influence ne s'avérait plus suffisante ; Piero et les autres allaient se retrouver dans le collimateur des flics. Il eut une inspiration difficile. Il avait les clés de la voiture dans sa poche. Elle sembla deviner ses pensées.

— Si on les emmenait un peu en promenade ? Je sais pas si ça sert à grand-chose de les semer, mais on peut toujours s'amuser...

Brasco était indécis. Dans les yeux de Carmen brillait une lueur qu'il n'arrivait pas à déchiffrer, mais un minimum de complicité lui était indispensable, et il fit alors le choix du moindre mal.

Ils traversèrent la salle et sortirent en bavardant joyeusement, comme des vieux amis après une longue séparation. Il n'y eut aucun mouvement au bar, mais avant d'avoir dépassé l'angle de la rue, Carmen aperçut l'autre policier repliant son journal.

La Golf était garée dans les parages immédiats. Brasco, l'air innocent, lui demanda de conduire, elle fit semblant de refuser et puis finit par s'installer au volant. Ils allèrent d'abord au hasard et quand ils eurent repéré la Peugeot grise qui les suivait à distance, ils empruntèrent les boulevards extérieurs vers le sud. Il n'y avait qu'une personne à bord de la voiture lancée à leurs trousses, l'autre, de toute évidence, était restée pour surveiller l'appartement de Brasco. À la hauteur de la Porte d'Orléans, ils prirent une rue transversale, et finalement la Golf s'arrêta devant une armurerie. Le couple se sépara sur une accolade affectueuse, et pendant qu'il allait vers le magasin, elle fit demi-tour pour repartir. Brasco, immobile devant la vitrine, examinait attentivement les râteliers bourrés de fusils à pompe et mitraillettes démilitarisés. Du coin de l'œil, il identifia son suiveur, qui devait avoir abandonné le véhicule plus loin, et à présent s'avançait sur le trottoir opposé. Il se mit en mouvement, fit le tour du pâté de maisons puis piqua vers le boulevard extérieur. Il traversa un pont piétonnier, pendant que dans une contre-allée, dans le sens opposé, Carmen approchait lentement la voiture. Quand il bondit au volant de la Golf, le policier qui se trouvait au milieu du pont comprit la manœuvre : il eut d'abord un sursaut comme pour retourner en courant sur ses pas, puis pressa furieusement le bouton d'appel du talkie-walkie qu'il portait sous la veste. La Golf était déjà hors de vue.

Brasco roulait à tombeau ouvert, laissant en quelques instants le quartier derrière lui, puis, devant le regard inquiet de Carmen, il modéra l'allure.

— Il faut se débarrasser de la voiture, dit-il brutalement.

— Et après, qu'est-ce qu'on fait ?

La surprise lui coupa la parole. Avait-elle utilisé le pluriel par distraction ou bien nourrissait-elle un dessein secret ? Il appuya à nouveau sur le champignon. Après tout, ils avaient engagé la partie ensemble.

— J'ai les clés de l'appartement d'un ami, une sorte de trou dans un quartier à nègres, mais pour le moment, c'est le seul endroit sûr qui me vienne à l'esprit… Avant, j'ai quelques coups de fil à passer.

Carmen haussa les épaules. Elle était assise en travers du siège pour mieux observer les arrières…

Fred Brunel jurait entre ses dents en courant pour récupérer la voiture abandonnée avant le magasin d'armes. Se faire traiter de débile était dur à avaler, mais cette fois-ci, Lorand avait le droit à tous les excès. Malgré la rage qui le submergeait, Brunel devait reconnaître qu'il avait fait une connerie énorme. Les deux autres l'avaient baisé, comme un bleu, mais pouvait-il abandonner Brasco pour suivre la salope ? La vérité, c'est qu'il aurait dû demander de l'aide dès qu'ils étaient montés en voiture, mais il s'était laissé berner par leur allure tranquille. Il était dans la merde, jusqu'au cou. Il planta la sirène sur le toit avant même de démarrer le moteur. Il voulait au moins être présent quand le reste de la bande allait se faire coffrer ; les choses s'étaient précipitées à un tel point que Lorand ne voulait plus laisser le temps à Brasco d'avertir ses complices.

Mais c'était une journée noire pour l'inspecteur. Quand il arriva sur les lieux, Piero, les menottes aux mains et plutôt mal en point, était poussé à l'intérieur d'un fourgon. Il laissa la Peugeot au milieu de la rue, la portière ouverte, et rejoignit Mercier qui parlait dans un micro, assis dans sa voiture.

— Salut, Maigret, je savais pas que t'avais ce genre de préférence…

— Qu'est-ce que tu veux dire ? répondit Brunel, sur la défensive.

— Il paraît que tu préfères le cul de Brasco à celui de Carmen ?

Même s'il était de grade inférieur, Brunel appartenait au SAT. Il ignora la plaisanterie et demanda sèchement un point sur la situation.

— Pour l'instant, on en a pincé trois, mais on attend une fille qui a téléphoné pendant qu'on les serrait.

Il ajouta méchamment :

— Malgré ta petite erreur, on va peut-être s'en tirer pas trop mal... Tu sais ce qu'on a trouvé chez Piero Brughel ?

— Accouche !

— Un explosif avec minuterie et un tract. Ils s'apprêtaient à faire sauter la maison du juge Lebon, les salopards !

La voix de Lorand grésilla dans la radio. Mercier passa le micro à Brunel.

— O. K., je suis arrivé trop tard, et alors ?

— Pas la peine de le dire ! Sois en retard au château de Gilvoisin. Tu vas aider nos gars à débarrasser le plancher en vitesse, dans moins de deux heures, il faut avoir effacé toutes les traces de notre passage...

— Pourquoi, les R.G. sont déjà intervenus ?

— Pas encore, justement, mais vu que tout est allé très vite, on peut pas courir de risques, ces mecs-là ont le bras trop long...

L'inspecteur raccrocha sans faire de commentaires. Il se rendait bien compte qu'avoir sauvé la vie du juge ne constituait pas leur objectif véritable. Il eut plus que jamais envie d'avoir en face de lui Gianni Brasco et la belle Italienne.

Agitation générale au quatrième étage du Quai des Orfèvres. Au domicile des suspects, on avait découvert un arsenal suffisant pour équiper une dizaine de terroristes et une copieuse documentation sur les Cellules Révolutionnaires Internationales ; en outre, la fille qui avait téléphoné était tombée dans le panneau. C'était une ex-membre des Brigades Rouges milanaises qui s'était jadis repentie en balançant tous ses complices aux carabiniers. Lorand se demandait si elle aussi avait traité directement avec le major Santini. Pour l'instant, personne ne s'était encore proclamé prisonnier politique ou encore prisonnier de guerre, selon la terminologie consacrée. Il avait suffi à Lorand d'un regard à travers les barreaux de la cellule pour saisir sur les visages insolents une assurance qui n'était pas le fruit d'une conviction idéologique.

Il avait précisément la fille en face de lui. On avait retrouvé chez elle l'essentiel des armes récupérées durant l'opération. Jusqu'ici, il s'était contenté de la questionner sur des données d'ordre général. Le regard assoupi, la bouche trop charnue rappelaient au commissaire les images de putains qui hantaient les couloirs du deuxième étage. Elle se prépara à dire quelque chose…

— Ces armes appartiennent aux peuples en révolte, moi je n'en sais absolument rien.

L'œil de Lorand glissa jusqu'à la fenêtre, l'après-midi s'annonçait plutôt chaud. Il sentait monter en lui le désir de gifler l'Italienne, comme cela, sans raison précise, juste pour effacer son sourire de radasse, mais il songea à sa fille qui supportait déjà la honte d'avoir un père flic et qui ne lui aurait jamais pardonné un geste aussi macho. Quand il tourna à nouveau la tête, il aperçut Corinne, debout devant la porte, qui lui adressa un signe muet. Il appuya sur le bouton de l'interphone.

— Qu'on raccompagne l'ex-repentie dans une prison du peuple, s'il vous plaît.

— Qu'est-ce qu'elle t'a fait ? demanda Corinne une fois qu'on eut emmené la fille, menottes aux poignets.

— C'est une sombre connasse. On verra dans deux jours, si elle la ramène toujours autant.

Il y eut dans les yeux de Corinne un éclair qui n'échappa pas au commissaire.

— Laisse tomber, je crois plutôt qu'on a fait d'une pierre deux coups… Il y a la secrétaire du psychiatre qui est ici, je lui ai montré quelques photos et elle a nettement tiqué sur celle de

Piero Brughel. Si on organisait une petite séance d'identification ?

Lorand s'appuya au dossier de son fauteuil et tambourina du bout des doigts sur le bureau.

— Si tes soupçons s'avèrent fondés, alors peut-être notre petite enquête sur les types du château ne sera-t-elle pas enterrée. Ceux qu'on a coffrés sont des minables qui jouent au plus malin tant qu'ils peuvent compter sur leurs protections... Mais contre une accusation d'homicide volontaire, ils ne pourront plus rien faire.

— C'est exactement ce que je pensais. Je suis convaincue que la bigleuse de secrétaire s'est bien trouvée face à face avec les tueurs de Rizzuto, et elle a déjà fait un pas en identifiant le chauffeur de Verga... et maintenant, elle a une telle trouille aux fesses que, si elle veut qu'on la protège, elle sait qu'elle doit s'allonger jusqu'au bout...

François Lorand savait devoir à Corinne une fière chandelle... Elle avait fait montre d'une sûreté de jugement sans faille tout au long de l'affaire et sans son aide, il n'était pas exclu qu'il ait cédé aux pressions des R.G. Lentement, il sortit un mouchoir et tamponna la sueur sur son front.

— Occupe-toi de redonner un aspect convenable à Brughel, il est un peu sanglant sur les bords. Ensuite, tu prépares une confrontation à l'américaine. Si c'est vraiment lui l'exécuteur des basses œuvres… alors on va se marrer.

Piero était recroquevillé dans un angle de la minuscule cellule. En dehors des contusions qu'il imaginait marquer son corps un peu partout, il était surtout gêné par une côte félée. S'il évitait de respirer profondément, la douleur restait supportable. En dépit de la chaleur estivale, il était secoué de frissons, ce qui semblait le préoccuper davantage que la situation difficile qui était la sienne. Il avait découvert la peur, un sentiment jusqu'alors pratiquement inconnu, du fait des appuis officiels dont il disposait. La brutalité de ceux qu'il considérait presque comme des collègues l'avait stupéfait, et il voulait encore se convaincre qu'il s'agissait d'un désagréable malentendu, que, très vite, « qui de droit » allait remettre les choses à leur place. La tension nerveuse laissait la place à un épuisement croissant qui l'empêchait de réfléchir. Il pensa à Gianni Brasco, et fut pendant quelques instants convaincu de sa trahison, puis il jugea l'idée absurde : Gianni n'avait aucun intérêt à les vendre, il se serait lui-même retrouvé impliqué jusqu'au cou. Il bougea et une douleur fulgurante lui traversa le flanc. Rageusement, il se demanda ce qu'attendaient Ruggero Verga et Santini pour le tirer d'affaire, lui et son amie ; deux heures plus tôt, pendant qu'on le traînait d'un bureau à l'autre, il avait reconnu les voix des deux autres suspects et malheureusement, également celle de Caterina. Il était sur le point de s'endormir, quand la porte s'ouvrit bruyamment.

— Amène-toi !

Piero avait désormais compris qu'il était inutile de discuter et, doux comme un agneau, il suivit les deux flics jusqu'à un lavabo taché de sang où il dut se nettoyer le visage, puis se passer un peigne dans les cheveux. Les autres l'examinèrent sous toutes les coutures, puis l'obligèrent à se débarrasser de sa veste, déchirée à l'épaule.

Il ne comprit la manœuvre qu'en arrivant dans une pièce totalement nue, équipée d'un énorme miroir sur toute la surface d'une cloison. On lui demanda de prendre place entre cinq autres personnes et, sur le coup, il chercha un moyen d'invalider la confrontation, avant de s'aligner sans protester, toujours confiant dans ses appuis. Quand on le ramena dans sa cellule, il nota que les flics, au lieu de le bousculer comme avant, se contentaient de lui ricaner au nez.

25

Chambéry s'apprêtait à entrer dans la liste des ravissantes petites villes où Raponi n'irait plus jamais faire du tourisme.

Il était douze heures quarante. Depuis une vingtaine de minutes, Jacques et Claudio, vêtus comme des Tyroliens, s'étaient installés sur un banc à l'angle de l'avenue de la Gare et de la rue de la Paix. L'agence Atlas était hors de vue, mais Bob, qui dans la cabine téléphonique en face avait engagé un interminable coup de fil, ferait le signe convenu dès l'apparition des gorilles porteurs de dollars.

Ils auraient voulu échanger quelques mots pour soulager la tension que l'attente faisait croître jusqu'à l'insupportable, mais c'était la première fois qu'ils « travaillaient » ensemble et il était difficile de percer les défenses de l'autre. Ils n'échangeaient que de brefs coups d'œil de soutien mutuel et caressaient en silence les crosses des Tokarev dans la poche du blouson. Les grenades défensives de fabrication chinoise marquaient les poches d'une légère bosse, comme une paire de gants roulés en boule.

Sans quitter des yeux la cabine téléphonique, Claudio s'efforçait de ramener ses pensées vers un aspect plus futile des choses. Il savait que les moments les plus pénibles étaient ceux qui précédaient immédiatement l'action. Ensuite, tous les automatismes iraient en s'enchaînant. On accédait à une sorte de conscience supérieure où l'homme et l'animal se rejoignaient dans l'instinct de mort et où l'acte le plus atroce devenait une extraordinaire manifestation de puissance de la volonté humaine. Il connaissait bien cette métamorphose et ne devait donc meubler qu'une attente faite de peur ordinaire. Il évoqua ainsi la promenade qu'il avait effectuée en compagnie de Bob la veille au soir. Avec la plus grande discrétion, ils s'étaient aventurés dans les ruelles du vieux quartier, toits de maison qui se rejoignaient presque au-dessus de leurs têtes, pavés disjoints et odeurs anachroniques remontant des égouts.

— J'aurais pas cru qu'il restait encore des endroits pareils en France, avait dit Claudio.

Bob avait répondu que toute la région appartenait jadis à l'Italie, et que si Chambéry était demeurée italienne, ils n'auraient jamais pu y mettre les pieds.

Claudio perçut un raidissement dans l'attitude de Jacques. Une voiture de police avait bifurqué dans leur direction avant de glisser lentement vers la gare. Ils expirèrent doucement. La sueur coulait sur leurs tempes, le soleil de midi commençait à chauffer sérieusement.

Jusqu'ici, c'est Bob qui avait hérité de la tâche la plus ingrate. La cabine se transformait en sauna, l'écouteur lui brûlait l'oreille, et en chaque passant il craignait un éventuel amateur de conversation téléphonique. Heureusement, l'horaire et la température semblaient avoir dissuadé les clients. Il n'avait jamais regardé sa montre, non seulement pour éviter les signes d'impatience mais aussi pour ne pas perdre un seul instant de vue l'endroit où devaient apparaître les hommes avec la valise beige. Un instant d'inattention, et les autres ne seraient plus dans le timing… Cela ne l'empêchait pas de réfléchir et quelques détails le tracassaient : pour ne pas attirer l'attention, il avait dû dissimuler l'AK 47 dans un sac de tennis en décrochant le chargeur incurvé, trop encombrant. Même avec une balle engagée dans la culasse, il perdrait de précieuses secondes avant d'être prêt à tirer. En outre, afin d'assurer une couverture efficace, il devrait se tenir à une certaine distance de l'action en courant le risque de toucher un de ses deux complices. Durant la préparation, ils avaient pris la chose en compte, mais il avait suffisamment d'expérience pour savoir que les faits ont tendance à déraper par rapport aux prévisions. Certes, si Claudio s'était trouvé à ses côtés, alors, comme tant de fois par le passé, ils auraient balayé les doutes de cette ironie légère qui présentait l'avantage de ne pas trop dédramatiser la situation, juste ce qu'il fallait. Au contraire, il était seul, et la tension commençait à marquer ses mâchoires, durcies comme la pierre. Il envia leur chauffeur qui devait être assis tranquillement dans sa voiture en fumant, radio allumée, et même Claudio et Jacques qui le moment venu allaient se jeter dans la mêlée, et rien autour n'aurait plus compté. Bob savait que toutes ces ruminations le déconcentraient, mais il avait perdu le contrôle de cette situation-là… En serrant le téléphone contre son menton, il chercha son paquet de cigarettes, et à cet instant, la transpiration cessa de l'importuner.

Simultanément, dans une rue latérale, à l'intérieur d'une BMW blanche à moitié masquée par un fourgon, Olivier fumait en écoutant un navet du hit-parade. Il avait sur les cuisses une revue de culturisme, cadeau du propriétaire de la voiture et entre les jambes un Walther P. 38 qui lui inspirait une confiance très supérieure aux muscles huileux qu'il observait par intermittence ; il pensait qu'il aurait été divertissant d'y forcer quelques trous à coups de 9 mm parabellum. Les doigts humides, il effleurait le cuir du volant, pleinement satisfait de son choix : une 3 litres à injection, très stable dans les courbes, sensible et précise comme un pur-sang. Avec une voiture comme celle-ci entre les mains, il se sentait le roi de la rue. Il avait la bouche sèche et en rendit responsable l'abus de cigarettes. En voyant l'heure sur la pendule du tableau de bord, il se demanda si le sac bourré de fric serait au rendez-vous… Ils avaient affaire aux hommes de la mafia, ce qui ne serait pas simple. Il avait bien sûr pleine confiance en Jacques, qui était un pro, mais les deux autres n'avaient pas une allure de terroristes ; ils évoquaient davantage un monde d'intellectuels et Olivier voulait les tenir à l'œil s'il fallait faire usage des armes.

À 12 h 52, Olivier se crispa derrière son volant. Bob avait abandonné la cabine et s'acheminait vers sa position. Le souffle court, il tendit la main vers la clé de contact, tandis qu'à sa gauche, Jacques et Claudio avançaient en bavardant distraitement, comme deux excursionnistes de retour d'une longue randonnée. Il démarra en maintenant le moteur au régime minimum. L'agence se trouvait exactement à quinze mètres après l'angle de la rue, d'un coup de marche arrière il se serait jeté parmi les fauves. Il compta jusqu'à dix, mais avant d'embrayer, il décida de laisser encore quelques secondes s'écouler. Il le fit sans réfléchir, obéissant à un instinct qui lui soufflait la prudence.

La cadence sourde de la Kalachnikov retentit derrière lui, mais tout cela sembla terriblement distant aux oreilles d'Olivier, et il en oublia même l'arme qui dormait sur ses genoux. Il y eut encore deux ou trois rafales et le claquement sec de plusieurs détonations et alors seulement, sans qu'il lui semblât avoir pris une décision, la BMW bondit vers l'arrière. Elle atteignit l'angle à l'instant où les autres s'y précipitaient. Tandis que Jacques balançait dans la voiture la valise beige en lui criant de démarrer, Olivier observait avec ahurissement un vieil homme qui, secoué de spasmes nerveux, se tordait de rire devant les trois cadavres allongés sur le trottoir. Accompagnée par le grincement des pneus, la voiture fila d'abord dans la direction de Grenoble, mais emprunta aussitôt un itinéraire établi au travers d'un lacis de ruelles en s'engageant résolument vers le nord. Une minute et demie plus tard, elle s'enfilait dans un chemin de terre battue, à l'intérieur du maquis situé de l'autre côté de la voie ferrée.

Avant même d'avoir rejoint le petit fourgon qu'ils avaient planqué là dans la matinée, Claudio et Jacques s'étaient débarrassés de leur tenue de montagne. Ils s'observèrent mutuellement après s'être assurés qu'il n'y avait pas de blessés.

— Sombre connard ! hurla soudain Jacques, qu'est-ce que tu branlais avec la voiture !

Olivier ne répondit pas et Claudio intervint sèchement.

— Laisse-le conduire, on en reparlera plus tard.

Absorbé à regarnir le chargeur de l'AK 47, Bob ne prêtait aucune attention aux autres. Il semblait étrangement relaxé, seul son regard présentait un éclat inhabituel, et il continuait à manipuler l'arme comme s'il se trouvait encore dans le feu de l'action. En dehors de quelques gloussements vaguement hystériques, aucune parole ne fut prononcée. Des regards furtifs scrutaient la lunette arrière, à la recherche d'éventuels poursuivants.

Le transfert de véhicule s'effectua en souplesse. Bob et Claudio prirent place dans la partie arrière, réservée aux marchandises ; la camionnette, volée à un voyageur de commerce, puait le fromage. Bob lâcha enfin la Kalachnikov pour se plaindre de l'odeur. Claudio le dévisagea, surpris, puis éclata de rire. La valise fut dissimulée à l'intérieur d'un sac en toile de jute sans que personne ne se soit soucié d'en répertorier le contenu. Elle gisait ainsi, sur la roue de secours, comme si elle n'était pas à l'origine du merdier…

Jacques écarta le rideau de la cabine. Il recommanda la prudence car ils allaient quitter la départementale et un contrôle sauvage de flics était toujours à craindre.

— Il manquerait plus que ça, dit Bob, comme si ça suffisait pas des trois connards qui se font fait descendre pour sauver le fric des patrons.

— T'énerve pas, il y en avait certainement un qui conduisait la voiture qui devait te passer dessus en bas de chez Orazio... Et puis de toute façon, après un coup pareil, je pense pas que les patrons en question lui auraient pardonné.

— J'en ai rien à foutre d'eux... Il y a juste que pendant un instant, j'ai cru qu'ils t'avaient touché...

Bob demeurait tourmenté. Même s'il était prêt à tout, il avait espéré jusqu'au bout ne pas faire usage des armes. Les événements lui avaient donné tort, et s'ils s'en étaient sortis indemnes, il ne pouvait réprimer une culpabilité rageuse ; c'était la première fois qu'il tuait uniquement pour de l'argent, et que Claudio ne semble pas en avoir conscience l'irritait encore davantage.

Ils filèrent sans problème jusqu'à Aix-les-Bains, où ils abandonnèrent la camionnette, puis ils rejoignirent à pied un appartement procuré par une relation de Jacques.

Il s'agissait d'un petit studio dont les fenêtres donnaient sur une cour intérieure. Jacques tira immédiatement les rideaux et se soulagea du pistolet et de la grenade qu'il jeta sur le lit. Les autres l'imitèrent et la tension se relâcha. Ils observaient le sac en toile de jute. Comme personne n'intervenait, Jacques dégagea la valise et fit sauter les serrures à l'aide d'un couteau. Il écarta le couvercle de quelques centimètres et le referma en jurant. Trois paires d'yeux écarquillés se posèrent sur lui, alors brusquement, il ouvrit complètement la valise en lançant un cri de joie démentiel. Olivier, qui jusqu'alors n'avait pas osé se manifester, se jeta tête baissée sur le lit.

Un million quatre cent mille dollars en coupures de cent, cela faisait beaucoup d'argent, mais pourtant pas assez pour dissiper la fatigue qui, à présent que la tension était retombée, les dissuadait même d'aller fêter l'événement autour d'une bouteille.

Dans la soirée, Olivier partit pour Marseille avec deux cent mille dollars et un timide salut.

Après son départ, l'atmosphère changea ; Jacques tenta de réchauffer l'ambiance.

— Alors, qu'est-ce qu'on fait de tout ça ?

— Moi, s'il y a pas de problème, je voudrais conserver le Tokarev…

Claudio reprit l'automatique sur le lit et le fit tourner entre ses mains.

— Comme tu veux, mais c'est du fric que je voulais parler. Tu te rappelles Madagascar ? Quand on était au trou, on en a parlé jusqu'à en dégueuler…

Entre les murs de Fresnes, ils s'étaient soutenu le moral avec des projets dorés dans l'île malgache, et aujourd'hui, leur rêve était simplement à portée de main. Après tout, pourquoi pas ? Ne serait-ce que pour quelques années, Madagascar ferait l'affaire.

— Pour moi, c'est d'accord, répondit Claudio, et il se tourna vers Bob.

— Non, moi pour le moment je préfère rester en France. Plus tard peut-être… je veux dire, par la suite, je pourrais vous rejoindre.

Le lendemain matin, Bob et Claudio prirent le premier train pour Paris. La fatigue de la veille s'était évanouie, et ils avaient tous les deux retrouvé un certain allant.

— À propos, tu en es où avec Perico ?

Bob avait posé la question sans y attacher une importance excessive, mais Claudio la reçut comme un coup de poing à l'estomac. Machinalement, il frôla le pistolet qu'il portait à la ceinture. Il fixa Bob droit dans les yeux.

— Si tu devais choisir entre un homme et une femme, pour qui pencherais-tu ?

L'autre tourna la tête vers la vitre, comme si le paysage filant à trois cents kilomètres à l'heure pouvait l'aider à réfléchir.

— On n'avait jamais parlé d'une femme. Tout ce qu'on a pu avoir sur Perico désignait un homme, clairement…

— Si c'est vrai, je sais déjà de qui il s'agit.

Bob se redressa d'un bloc sur son siège. Il ne s'attendait pas à une conclusion aussi rapide. Il demanda le nom, d'un fil de voix.

— Gianni Brasco. Tu le connais ?

— Pas personnellement. Comment pourrait-il en savoir aussi long sur nous ?

Claudio baissa les yeux en se pétrissant nerveusement les cuisses.

— De toute évidence, il savait où pêcher ses informations, l'enfoiré.

— Et maintenant ?

— Maintenant, on va s'en occuper comme il faut, que veux-tu faire d'autre ?

Quelques minutes s'écoulèrent, pendant lesquelles ils conservèrent le silence, chacun essayant de rassembler les pièces d'un puzzle improbable. Claudio sortit deux liasses de dollars et en tendit une à Bob en disant :

— Tiens, envoie ça à l'avocat d'Andrea Limone. Il doit y avoir une femme et des enfants quelque part en Afrique.

Bob acquiesça.

— Et l'autre ?

— Tu verras Orazio avant moi, je crois qu'il en aura besoin.

Bob sourit et exhiba lui aussi un paquet de billets.

— J'y avais pensé moi aussi. Tu vas voir, il va tout claquer en fax !

26

Si ce matin-là, Orazio avait lu les journaux, il se serait sans doute assez peu préoccupé du dentier oublié la veille au soir chez un ami et peut-être encore moins de son rendez-vous avec le journaliste qui, étroitement surveillé par la police française comme par les carabiniers italiens, était venu de Rome pour l'interviewer. Probablement aurait-il échafaudé quelques spéculations sur le triple meurtre de Chambéry, et à grand renfort de fax aurait-il hurlé à la provocation pour ce qui concernait le coup de filet policier sur les fantomatiques « Cellules Révolutionnaires Internationales ». Dans l'ignorance de tous ces événements, Pagani désirait simplement offrir un aspect convenable devant la presse et surtout accréditer l'idée que ses déclarations étaient le fruit sans équivoque d'une concertation avec les autres réfugiés. Car en fait, il en était tout autrement… Les discussions avec les camarades sur le projet d'amnistie s'étaient avérées plutôt décevantes ; si, individuellement, chacun adoptait une position claire face au gouvernement italien, il émergeait collectivement une certaine paranoïa de l'erreur : peur de valider un choix irréversible à partir d'une conjoncture passagère, à l'intérieur d'un Palazzo Chigi[1] en proie à toutes les intrigues. En clair, il était manifestement impossible de remettre sur le tapis un sujet qui avait subi sur le terrain politique une défaite aussi désastreuse. Bien entendu, Orazio n'avait pas nourri d'illusions sur la question. Depuis déjà longtemps, il n'assumait une responsabilité politique qu'envers les réfugiés se tenant à l'écart des idées réformistes de monsieur Ercolin (« les habits neufs du stalinien ») et des autres, tous ceux qui déchargeaient en bloc la responsabilité collective des années de plomb sur le dos d'une centaine de compagnons enfermés à vie dans les prisons. Don Quichotte postmoderne, sans cheval ni dentier, Orazio Pagani traversait un monde hostile avec la chance indécente de l'ignorant qui évite un piège sur trois et s'apprête à empocher vingt mille dollars en provenance, ironie du sort, des caisses mêmes de ceux qui voulaient sa mort. Ce vendredi matin, Orazio enfourcha tête basse le trottoir de la rue Saint-Paul, et sans remarquer la berline

1. Équivalent de notre Hôtel Matignon.

bleue stationnée à proximité, revint immédiatement sur ses pas en se rappelant avoir oublié son agenda.

La volte-face brutale prit par surprise les deux hommes aux aguets dans la voiture. Celui qui était au volant, le chauffeur personnel de Ruggero Verga, eut un geste de dépit.

– Qu'est-ce qu'il fout ce crétin ? Tu crois qu'il nous a vus ?

Il allait ouvrir la portière quand Gianni Brasco l'empoigna par le bras, l'obligeant à rester à sa place.

– Non… Il a dû oublier quelque chose. On attend.

L'homme se libéra d'une secousse, il siffla, le regard noir de haine.

– Me touche plus jamais ! J'ai pas confiance en toi, tu es un pédé de communiste et rappelle-toi ce qu'a dit le patron : c'est moi qui dirige l'opération…

Brasco soutint son regard ; seul un léger frémissement à l'angle de la bouche trahissait une souffrance à la limite du supportable. Jusqu'alors, il avait joui d'une certaine liberté de mouvement, un privilège qui lui avait épargné la promiscuité d'abrutis comme celui-là, mais récemment les événements avaient pris une tournure un peu différente. La bérézina de Chambéry avait plongé le grand chef dans tous ses états. En voulant démontrer que la mort de

Pagani ne servirait à rien, Brasco n'avait fait que renforcer le manque de confiance à son égard. Pourtant, de par la moitié de la terre, il avait accompli l'impossible en cherchant constamment à faire de son mieux mais il n'avait obtenu en échange qu'un mépris permanent à cause de son passé. Et maintenant, le pire : pour le mettre à l'épreuve, on l'envoyait abattre Pagani en compagnie d'un crétin…

Il avait aperçu Orazio dès qu'il avait franchi la porte, avec sa veste de laine en plein été et son air distrait. À qui pouvait nuire un tel individu ? Il lorgna le chauffeur impassible, arrivant à la conclusion qu'il s'agissait d'une vengeance stupide, et qu'en dehors du fait que lui, Brasco, serait définitivement compromis, la manœuvre ne serait d'aucune utilité pour l'organisation.

Il avait raconté à Carmen qu'il allait se procurer de faux papiers. Elle ne lui avait pas posé de questions, pas même au sujet des flics qui étaient à ses trousses. Soit elle jouait d'astuce, soit elle ne savait rien et il entretenait une parano inutile.

Il regarda sa montre et se livra à un calcul. Si Pagani avait oublié quelque chose chez lui, il serait de retour dans quelques secondes. Alors, il lui viderait le chargeur du 38 Spécial dans le dos. Un geste irréparable, dénué de toute légitimité dans l'hypothèse où il retrouverait sa liberté et son autonomie, un futur que Brasco envisageait très proche. Il essuyait des mains moites sur son pantalon pendant que les idées bouillonnaient dans sa tête. Ensuite, les idées et les actes fusionnèrent. Il se redressa sur le siège de façon à libérer sa main droite et demanda une cigarette au chauffeur d'un ton conciliant.

— T'as laissé tomber ton tabac pourri ?

— Tu crois que c'est le moment de se rouler une cigarette ? fit-il dans un haussement d'épaules, tandis que son cœur battait la chamade et que ses veines gonflées semblaient devoir le trahir.

L'autre ne lui accorda pas même un regard et sans cesser d'observer le porche de l'immeuble, fouilla dans la poche de sa veste. À ce moment précis, Brasco sortit son arme et tandis que le chauffeur écarquillait un œil incrédule, il lui tira une balle dans la tempe à bout portant. Le corps rebondit violemment sur le siège et reprit une position identique. Seule la tête s'était légèrement inclinée vers l'avant. Brasco était statufié. Un filet brun courait le long du cou pour aller imbiber la chemise blanche. Il se secoua, jeta un regard circulaire et reconnut Pagani qui s'éloignait tranquillement dans la direction opposée. Il glissa le revolver dans sa ceinture, descendit de la voiture et se dirigea vers la station de métro.

Pendant ce temps, Orazio, qui avait déjà trente minutes de retard, partait récupérer son dentier que l'ami prévoyant lui avait laissé dans sa boîte aux lettres.

Brasco s'était laissé engloutir par le flot humain et la toile d'araignée du réseau métropolitain, puis, dans une impulsion sans véritable fondement, il était ressorti en surface, au hasard. Il lui semblait soudain essentiel de comprendre pourquoi la ville changeait si radicalement d'aspect entre le jour et la nuit. La question l'avait souvent obsédé, sans qu'il prenne jamais le temps d'en poser tous les termes. Il avait marché de Pigalle à Saint-Michel, sans même s'en apercevoir, à la poursuite d'une vérité qui allait en se précisant à chaque pas, le menant vers une sorte de délire exalté, comme un savant sur le point d'opérer une découverte majeure. Parfois, il lui arrivait de songer à l'absurde coup de feu dans la tête du chauffeur. Deux heures seulement étaient passées, mais l'événement lui semblait si lointain, si dénué d'importance, qu'il se reprochait immédiatement de perdre son temps avec de tels détails. À présent, il fallait arracher son secret à Paris, le pouvoir d'une cité qui défiait la mort par une incroyable capacité de transformation, qui accueillait une humanité entière prête à se débarrasser de son Histoire mais pourtant gonflée de soupirs nostalgiques…

Il quitta le boulevard Saint-Michel pour s'enfoncer dans le Quartier Latin. Des vitrines chargées de faïence méditerranéenne avaient supplanté les magasins de mode. Il arrivait à saturation, Paris offrait trop de marchandises, il s'était noyé dans l'abondance jusqu'à l'indigestion. Paris putain de tous les temps, ludique et brutale, mais toujours détentrice du savoir-faire qui la protégeait de l'insupportable. La ville et lui formaient un couple idéal, mais il l'avait compris trop tard, il avait voulu en faire trop et maintenant il était rejeté.

Il traînait des jambes lourdes, fatiguées. Il s'agissait d'un signe, certainement, signe que la course allait s'achever. Il se traîna jusqu'au Pont au Change, s'accouda au parapet, songea à Carmen qui ne l'attendait pas et avec un sourire très proche d'une grimace douloureuse, il serra fort la crosse du revolver.

Le corps de l'ex-chauffeur-tueur, identifié sous le nom de Mario Laporta, fut retiré du véhicule et mis à disposition de la justice pour les examens légaux. Pendant que l'ambulance s'éloignait, toutes sirènes hurlantes, Lorand et Mercier grimpèrent dans une voiture de service pour retourner au Quai des Orfèvres. Lorand examina encore une fois les clichés du cadavre et les jeta sur le tableau de bord.

— Qu'est-ce que tu en penses ? demanda-t-il d'un air absent.

Mercier grilla un feu rouge et attendit d'avoir dépassé le carrefour pour répondre.

— Ils l'ont réduit au silence, tu ne crois pas ? On avait un témoin contre lui... Pourquoi est-ce qu'on a tant attendu ?

— Parce que ton témoin est une gonzesse qui chie dans son froc et qui porte des lunettes avec des verres épais comme un beefsteak. Le plus merdique des avocats te le fout en l'air en cinq minutes, ton témoin ! C'est Ruggero Verga que je veux, pas les deuxièmes couteaux !

— Bon. Et maintenant ?

— Maintenant, il y a Brughel. Après le mandat d'arrêt pour le meurtre de l'avocat, il doit savoir qu'il va pas s'en tirer comme ça. J'ai mon idée à son sujet. Si ça marche, le type du château va devoir faire une croix sur les cocktails mondains pour quelque temps.

Mercier demeurait soucieux.

— Et que fait-on par rapport au ministère ? J'en ai ras le bol de bafouiller des excuses, je veux pas risquer ma place pour foutre en taule un mafioso de merde... Si au moins ça servait à quelque chose !

Lorand eut un sourire débonnaire.

— Encore quelques heures, Mercier, et je te promets qu'avant ce soir tu pourras rédiger un rapport béton... Dis donc, ton froc fait des plis, tes bonnes femmes savent pas repasser ?

Mercier brancha la sirène, grimpa deux roues sur le trottoir et écrasa le champignon.

En équilibre sur le bord de la chaise, les mains serrées dans le dos par les menottes, Piero Brughel percevait parfaitement la présence menaçante du flic dans son dos. Ses pupilles roulaient pesamment sur la décoration sinistre d'un bureau. Il pressentait que des moments difficiles allaient venir et il cherchait en vain un sursaut d'énergie capable de chasser la torpeur qui le rendait amorphe, face à des événements qui s'emballaient. Il fit un effort pour resituer le moment où on lui avait notifié l'inculpation pour le meurtre de Rizzuto ; il ne s'y attendait pas, et il avait compris d'après l'attitude des flics qu'il se trouvait pris au piège.

Il voulut se retourner mais une vive pression sur l'épaule le contraignit à l'immobilité. Il comprit alors la raison de cette étrange somnolence : il avait peur d'être frappé, peur d'être soumis aux méthodes que la police emploie dans certaines situations. Il savait qu'en dépit de son apparence de dur, il n'aurait pas supporté la douleur physique et cette attente angoissante dans le bureau du quatrième étage semblait présager un interrogatoire définitif. Il y eut un remue-ménage dans le couloir, quelques voix indistinctes, puis la porte s'ouvrit et se referma.

— Salut ! Tout va bien par ici !

Le commissaire avait l'humeur d'un fonctionnaire satisfait de son travail mais pressé par le temps. Il contourna le bureau, rangea quelques dossiers sur l'étagère et sembla alors remarquer pour la première fois que le prisonnier avait les menottes.

— Allons, n'exagérons pas, je ne crois pas que ce soit nécessaire.

Il lança à Piero un coup d'œil qui se voulait complice. Distraitement, il lança une photographie sur la table, non loin de l'inculpé qui cessa de se masser les poignets. Avant que le flic de faction s'en aille, il demanda qu'on apporte deux cafés et des cigarettes pour « monsieur Brughel »...

Il attendit patiemment que l'autre vide la tasse, puis essuya les traces de café sur le bureau, « à cause des cafards », précisa-t-il en s'excusant presque. C'est d'une voix fatiguée qu'il commença.

— Monsieur Brughel... Je comprends parfaitement votre situation, plus que vous ne pourriez le croire, malheureusement les choses étant ce qu'elles sont, vous êtes dans une position extrêmement périlleuse.

Brughel était sur le point de répliquer, mais Lorand l'arrêta d'un geste sec avant d'enchaîner.

— Je vais vous parler sincèrement. On vous a lâché, monsieur Brughel, abandonné. En ce qui nous concerne, les charges qui pèsent sur vous sont écrasantes, alors il ne s'agit plus de remplir son devoir mais de sauver sa peau. À vous de choisir.

La panique envahit Piero. Le ton du commissaire était trop détaché pour qu'il s'agisse d'un simple bluff, mais il tint encore bon quand on lui montra les clichés du défunt chauffeur.

— Non… Je ne le connais pas.

— Parfait, répondit Lorand en exhibant une photo où l'orifice sur la tempe était parfaitement net, vous ne connaissez donc pas celui qui vous accompagnait quand on a tiré un coup de feu, calibre 7. 65, sur monsieur Rizzuto ? Vous n'avez donc aucune idée des motifs qui ont poussé une certaine organisation à lui faire ce dernier cadeau… Et le prochain bénéficiaire sera quelqu'un que vous ne connaîtrez pas non plus, j'imagine ?

Il fit une pause calculée en bâillant bruyamment.

Piero sentait le sol se dérober sous ses pieds. Si d'un côté, il aurait voulu garder le silence pour se prouver à lui-même qu'il n'était pas un novice, de l'autre il était terrorisé par la menace explicite énoncée par le commissaire.

— Donc, si je vous suis bien, vous n'aurez pas à redouter d'être incarcéré dans une prison quelconque…

— Quand est-ce qu'ils l'ont descendu ? demanda Piero, qui n'arrivait pas à détacher les yeux du cliché macabre.

Lorand eut un discret soupir de soulagement.

— Ce matin. Ils nous ont pris de vitesse.

Piero demanda l'autorisation d'allumer une autre cigarette, et, les yeux baissés, demanda :

— Vous pourriez me mettre en contact avec un officier des carabiniers en Italie ?

— Certainement, mais auparavant il faudra faire la preuve que vous avez choisi votre camp.

À six heures du soir, Piero Brughel, ex-terroriste, ex-espion, ex-mafioso, avait rempli quarante-deux feuillets contenant toutes les informations essentielles à propos d'un vaste réseau criminel bénéficiant d'accointances dans les plus hautes sphères institutionnelles et dont Ruggero Verga était le responsable en France.

D'un signe convenu, François Lorand indiquait à l'agent qui consignait l'interrogatoire de survoler certains épisodes qu'il estimait inopportuns dans cette première phase de l'enquête.

— Tu n'as rien de plus précis sur le cartel colombien ?

— Non, mais récemment, il y a eu de gros problèmes, le prix de la came a presque doublé parce que maintenant tout le trafic est contrôlé par les Américains… Brasco doit en savoir beaucoup plus, c'est là-dedans qu'il a pris du galon.

Le commissaire n'insista pas, il lui semblait clair que Brughel collaborait sans réserve. Il évoqua le triple meurtre de Chambéry et photos à l'appui lui demanda son opinion.

— Il y en a un qui vit avec Sofie Orban, donc il pourrait s'agir d'un transfert de fonds, mais c'est qu'une supposition.

Lorand lui montra un portrait de Carmen.

— Jamais vue.

— Elle a fui avec Brasco. Tu as une idée de l'endroit où ils ont pu aller ?

— Brasco avait sa vie privée, il a continué à fréquenter ses anciennes relations et c'est justement grâce à cela qu'on a réussi à organiser les Cellules.

— Une autre question, celle-là sera pas dans le rapport, les Renseignements Généraux savaient que ce groupe terroriste était une provocation organisée ?

Piero lança un coup d'œil vers le flic devant la machine à écrire, qui tendait la main vers un paquet de cigarettes.

— Je sais pas qui et à quel niveau, mais ils nous assuraient une certaine protection.

— O.K. Tu veux relire avant de signer ?

— Non, pas besoin.

Le commissaire raccompagna personnellement le prisonnier jusqu'à sa cellule, et il eut un clin d'œil à l'intention du gardien.

— Prenez bien soin de ce brave garçon.

27

Claudio Raponi n'aimait pas le pastis, mais c'était l'unique alcool fort vendu par l'épicier arabe. Ramiro l'avait félicité pour l'opération de Chambéry, ajoutant que depuis le début, il avait été persuadé qu'il y aurait eu un imprévu… « chez ceux d'en face, bien entendu ! ».

Les paroles du vieux lui avaient fait plaisir, ses yeux avaient brillé, mais il n'avait pu émettre qu'un banal « Eh oui… ».

Ramiro avait retrouvé aussitôt son sérieux et, plongeant une main tachée de vernis dans la poche, lui avait tendu le message de Carmen.

– C'est arrivé hier soir… J'ai fait une exception à la règle pour le prendre, parce que j'ai pensé que c'était important pour toi. Fais très attention à ce que tu vas faire…

– Pourquoi ?

Claudio avait répliqué impulsivement, avec un ton qui trahissait une irritation contenue.

— Parce que les dernières heures de notre vie peuvent dépendre de la volonté de quelque dieu comme de la trajectoire d'une balle.

Le vieux l'avait toisé des pieds à la tête puis avait repris ses activités.

Le troisième verre lui donna la nausée, et il se demanda comment faisaient les Français pour s'enivrer avec cet insupportable concentré d'anis. Il retourna sur le pont ramasser la feuille roulée en boule qu'il avait jetée à terre, prit la passerelle et à pas rapides se dirigea vers le centre-ville.

Il pénétra dans une cabine téléphonique, composa le numéro presque illisible, en pensant que probablement personne n'aurait répondu et qu'il pourrait toujours couper la ligne au dernier moment. Au contraire, Carmen décrocha après la première sonnerie et Claudio, d'une voix hésitante, lui fixa un rendez-vous pour l'heure suivante au bar du métro d'Ivry.

Quand il s'agit d'attendre, une heure, une seule, représente une période insupportablement longue. Pour Claudio Raponi, le temps s'enlisait dans la mémoire d'une course effrénée qui représentait sa propre vie. Le pire, c'était qu'il ne parvenait pas à se sentir fatigué. Il commanda une autre bière, et le serveur lui demanda de régler les consommations, pour cause de changement de service. Une feuille toute froissée glissa de son portefeuille. Il la ramassa et rougit presque au souvenir de cette nuit étrange, sur la péniche de Ramirez, quand après quelques verres, il s'était cru capable d'écrire un livre, ou quelque chose du même genre. Il regarda sa montre : dans un quart d'heure, Carmen serait là. Il attendit que le garçon de café s'éloigne pour déplier la page et noyer l'attente dans la lecture de son délire. Il se sentait vaguement ridicule, comme à chaque fois qu'il devait accepter les traits romantiques de sa nature.

Il commença à lire.

Tôt ou tard, les circonstances me contraindront à endosser des habits d'ombre pour échapper au néant. Alors, je pourrai prendre en charge ce qui reste de ma vie, et je souhaite malgré tout qu'elle soit encore longue. Je me résoudrai à accepter le genre humain, tel qu'il se présente à moi, je regarderai les hommes en face, un par un, et j'entreprendrai d'accepter les erreurs des autres pour mieux tolérer les miennes. Ce jour-là, il me faudra ensevelir les véritables passions pour accéder à une existence plus ou moins convenable, de celles qui alourdissent le corps mais soulagent l'esprit. Quand j'évoquerai mon passé, il n'y aura, pour me tenir compagnie, ni album de famille ni poèmes de jeunesse jamais écrits ; je devrai plutôt sortir dans la rue, flâner dans les quartiers les moins sûrs de la ville, ceux où la poussière n'a pas le temps de s'accrocher, où les yeux servent à observer les autres... à l'intérieur. Alors, peut-être, pourrai-je mettre à profit ma condition d'ex-révolutionnaire réfugié : je prendrai part à des débats sur les droits de l'homme (noir de préférence) et peut-être rédigerai-je un ouvrage que j'offrirai aux autorités et aux relations les plus courtoises. Je pourrais même glisser un « de » entre mon nom et mon prénom, pour exigence artistique, c'est à discuter. À quelques gamins impudents, je rétorquerai : vous êtes encore jeunes, vous ne comprenez rien. Je continuerai à mentir, c'est une question d'habitude. Je continuerai à dénigrer et à critiquer, pas l'État tout-puissant, non, mais plutôt les amis proches, ce sera plus prudent...

Il tourna la page entre ses mains ; il lui semblait impossible qu'il ait pu concevoir de telles idées. Le pastis et les trois bières commençaient à faire effet et, devant ces quelques lignes, il se mit à rire, avec sincérité... en songeant aux paquets de dollars et aux plages de Madagascar qui l'attendaient. Le bar s'était peuplé à l'improviste, des clients un peu bizarres à vrai dire, trop jeunes et trop sérieux. Sans comprendre pourquoi, il empoigna le Tokarev. Il perçut une voix tendue qui hurlait : « bouge pas ou on tire ! », mais quand les éclats du verre transpercèrent son visage, l'arme lui échappa et tomba lourdement sur la table. Et il souriait.

DU MÊME AUTEUR

Aux Éditions Gallimard

Dans la collection Série Noire

BUENA ONDA, n° 2432, 1996 (Folio Policier n° 416).

LES HABITS D'OMBRE, n° 2320, 1993 (Folio Policier n° 415).

Aux Éditions Joëlle Losfeld

LE CARGO SENTIMENTAL, 2003 (Arcanes, 2005).

DERNIÈRES CARTOUCHES, 1998 (Rivages, 2000).

Aux Éditions Rivages

TERRES BRÛLÉES, 2003.

AVENIDA REVOLUCIÓN, 2001.

Chez d'autres éditeurs

VITTORIA, Eden, 2003.

JAMAIS PLUS SANS FUSIL, Éditions du Masque, 2000.

COPIER-COLLER, Castor poche, Flammarion, 1997.

NOUVEL AN, NOUVELLE VIE, Mille et une nuits, 1997.

J'AURAI TA PAU, Baleine, 1997 (Librio, 2001).

Composition Nord Compo.
Impression Novoprint à Barcelone,
le 02 avril 2006
Dépôt légal : avril 2006

ISBN 2-07-033791-X/Imprimé en Espagne.

142550